Bianca

D1190238

PRINCESA POR ACCIDENTE

SUSAN STEPHENS

HARLEQUIN™

Editado por Harlequin Ibérica.
Una división de HarperCollins Ibérica, S.A.
Núñez de Balboa, 56
28001 Madrid

© 2017 Susan Stephens
© 2018 Harlequin Ibérica, una división de HarperCollins Ibérica, S.A.
Princesa por accidente, n.º 2616 - 18.4.18
Título original: A Night of Royal Consequences
Publicada originalmente por Mills & Boon®, Ltd., Londres.

I.S.B.N.: 978-84-9188-068-4
Depósito legal: M-4027-2018
Impresión en CPI (Barcelona)
Fecha impresion para Argentina: 15.10.18
Distribuidor exclusivo para España: LOGISTA
Distribuidor para México: Distibuidora Intermex, S.A. de C.V.
Distribuidores para Argentina: Interior, DGP, S.A. Alvarado 2118.
Cap. Fed./Buenos Aires y Gran Buenos Aires, VACCARO HNOS.

Capítulo 1

EN CUANTO a funerales se refería, aquel era de categoría. Tal y como exigía la tradición, Luca, que era el príncipe regente, llegó el último y ocupó su puesto de honor en la catedral. Estaba sentado enfrente del altar bajo una cúpula decorada con imágenes de Miguel Ángel. A un lado, había unas puertas talladas en bronce a las que llamaban *La entrada al Paraíso*. Luca estaba muy tenso a causa del dolor de la pérdida y le preocupaba no haberse ocupado de todos los detalles para homenajear al hombre al que le debía todo. Las banderas ondeaban a meda asta en la ciudad de Fabrizio. Los súbditos leales formaban en las calles. Las flores se habían importado de Francia. Los músicos eran de Roma. Una procesión de carruajes a caballo llevaba a los dignatarios de todo el mundo hasta la catedral. Force, el semental negro de Luca, llevaba el ataúd de su padre en un carruaje, y las botas del príncipe estaba colocadas en sentido contrario sobre los estribos. Era una imagen conmovedora, pero el caballo avanzaba con la cabeza bien alta, como si supiera que la carga que llevaba era un gran hombre en su viaje final.

Como nuevo gobernador del pequeño y rico principado de Fabrizio, a Luca, el hombre que los periodistas sensacionalistas solían llamar el chico de los barrios bajos de Roma, estaban mostrándole el máximo respeto. Él se había retirado hacía mucho tiempo de aquellos barrios. Su gran visión para los negocios lo había convertido en billonario, mientras que el hombre al que iban a enterrar lo había convertido en príncipe. Aquel magnífico escenario era muy diferente de los callejones llenos de grafitis y con olor a basura donde Luca había pasado la infancia. Jamás había imaginado que se convertiría en príncipe. De niño, se conformaba con las sobras que robaba de las basuras para llenar el estómago y con los harapos con los que se cubría la espalda.

Al ver que le sonreía una princesa europea, en busca de marido, inclinó la cabeza. Por suerte, recordaba las advertencias que le habían hecho acerca de las mujeres oportunistas y no se comprometería con una aristócrata atontada. Aunque admitía que no podía hacer nada con la testosterona que corría por sus venas. Incluso recién afeitado y vestido de uniforme, parecía un matón. Su aspecto era una de las cosas que su padre adoptivo, el príncipe difunto, no había sido capaz de refinar.

Alto, de piel bronceada y con aspecto de guerrero, Luca no estaba seguro de sus orígenes. Su madre era una trabajadora de Roma. Y creía que su padre era el hombre que solía molestarla a cambio de dinero. El príncipe difunto era el único padre que recordaba con claridad. A él le debía su educación. Y todo lo demás.

Se habían conocido en el Coliseo, donde el príncipe había ido de visita oficial. Luca había estado rebuscando en las basuras y no esperaba que nadie se fijara en él. Sin embargo, el príncipe no había perdido detalle y, al día siguiente, envió a un ayudante para que le ofreciera a Luca vivir en el palacio con Max, el hijo del príncipe. El príncipe había insistido en que se harían compañía el uno al otro y en que Luca sería libre para marcharse si no le gustaba la vida allí.

Luca, tras haber vivido en la calle, era lo bastante listo como para sospechar, pero puesto que estaba hambriento había decidido darle una oportunidad. Aquella oportunidad le había permitido ser quien era, y por eso honrar al príncipe era tan importante para él. Apreciaba muchísimo a su padre adoptivo, por haberle enseñado todo acerca de cómo construir su propia vida en lugar de convertirse en víctima de la misma. No obstante, el príncipe le había hecho una última advertencia desde el lecho de muerte.

—Max es débil. Tú serás el heredero del trono. Has de casarte y conservar mi legado para el país que ambos queremos.

Sujetando la mano delicada de su padre, Luca le había dado su palabra. Y si hubiese podido entregarle su fuerza, también lo habría hecho. En realidad, habría hecho cualquier cosa por salvar al hombre que le había salvado la vida.

Como si pudiera leer su pensamiento, Maximus, el hermano adoptivo de Luca lo miró desde el otro lado del pasillo. No había amor entre ellos. Su padre había fracasado a la hora de forjar una relación con Max, y Luca también. Max prefería salir con mujeres y dedicarse al juego en lugar del arte de gobernar. Nunca había mostrado interés por la familia y Luca enseguida había aprendido que, mientras que el príncipe era su gran aliado, Max siempre sería su mayor enemigo.

Luca agarró el programa del servicio para distraerse de la mirada torva de Max y miró con tristeza la larga lista de logros y títulos que había alcanzado su padre. Nunca volvería a haber un hombre así, y eso hacía que se mostrara decidido a cumplir su promesa.

—Eres un líder nato —le había dicho su padre—, y por eso, te nombro mi heredero.

No era de extrañar que Max lo odiara.

Luca no había buscado el honor de ser el heredero al trono de Fabrizio. No necesitaba el dinero. Podía gobernar el país con calderilla. El éxito lo había alcanzado al insistirle a su padre en que le permitiera estudiar Tecnología en la universidad, con el fin de actualizar su país, Fabrizio. Se había convertido en el hombre más exitoso de la industria y sus activos eran tan grandes que la empresa se automantenía. Ese era el motivo por el que tenía que pensar en gobernar un país, y para rellenar el vacío que tenía a su lado.

–Si no consigues hacer esto en dos años –le había dicho su padre en el lecho de muerte–, nuestra constitución dicta que el trono pasaría a tu hermano –ambos sabían qué implicaba aquello. Max arruinaría Fabrizio–. Es tu destino, Luca –había añadido su padre–. No puedes negarte a la petición de un hombre que está en el lecho de muerte.

Luca no tenía intención de hacerlo, pero la idea de casarse con una princesa sosa no le resultaba nada atractiva. El mundo de los matrimonios de la realeza no tenía comparativa con el encanto de estar con su gente. Se marcharía de allí y viajaría a los huertos de limones del sur de Italia, donde trabajaría con empleados temporeros. No había mejor manera para conocer sus preocupaciones y hacer algo para ayudarlos. La idea de estar encadenado a una frágil muñeca de porcelana lo agobiaba. Él deseaba una mujer de verdad, con coraje y fuego en el interior.

–Hay mujeres buenas ahí fuera, Luca –había insistido su padre–. Depende de ti encontrar una. Elige a una fuerte. Busca lo diferente. Salte del camino establecido.

En aquellos momentos, a Luca le pareció que no podía ser fácil. Mirando a su alrededor, ese mismo día, pensaba que era imposible.

En cuanto a funerales se refería, aquel era pequeño, pero respetable. Callie se había asegurado de que fuera así. De hecho, las únicas personas que habían pasado para despedirse de su padre, aparte de ella, eran los vecinos de al lado, la animada familia Brown. Era un evento tranquilo, porque Callie siempre se había sentido que debía contrarrestar la vida temeraria e insensata que había llevado su padre, durante la que nunca sabían de dónde sacarían la comida para el día siguiente. De no haber sido por sus amigos los Brown, ella se habría vuelto loca. Ellos siempre se reían de todo lo que la vida les presentara y le recordaban que se divirtiera siempre que pudiera y que no ofendiera a otros.

Ese día, la familia Brown estaba esplendorosa, de no ser porque sus cinco perros se habían bajado de la furgoneta y ladraban sin parar en la puerta del cementerio. Los Brown le ofrecían a Callie la imagen de cómo era la vida de una familia feliz. Al fin y al cabo, lo que ella deseaba de corazón era eso, una familia feliz.

–Adiós, papá –susurró, lamentándose por lo que nunca habían sido el uno para el otro. Después, echó un puñado de tierra húmeda sobre el ataúd.

–No te preocupes, cariño –dijo Ma, rodeando a Callie por los hombros–. Lo peor ha pasado. Tu vida está a punto de comenzar. Es un libro en blanco. Puedes escribir lo que quieras. Cierra los ojos y piensa dónde te gustaría estar. Eso es lo que siempre me hace feliz. ¿No es cierto, Rosie?

Rosie Brown, la mejor amiga de Callie y la hija mayor de los Brown, se acercó a Callie y la agarró del otro brazo.

–Así es, Ma. El mundo es tuyo, Callie. Puedes hacer lo que quieras. Y a veces, tendrás que escuchar a la gente que te quiere y permitir que te ayude.

–¿Hasta dónde se puede llegar con diez libras? –preguntó Callie, esforzándose por sonreír.

Rosie suspiró.

–Cualquier sitio ha de ser mejor que quedarse por aquí... Lo siento, Ma, sé que te encanta este lugar, pero ya sabes a qué me refiero. Callie necesita un cambio.

Cuando llegó el momento de subirse de nuevo a la furgoneta, Callie se sentía mejor. Estar con los Brown era como tomarse una buena dosis de optimismo, y después de haberse pasado la vida sufriendo abuso físico y verbal, lo necesitaba. Era libre. Por primera vez en su vida, era libre. Solo quedaba una pregunta: ¿cómo iba a utilizar esa libertad?

–Ni pienses en trabajar –le advirtió Ma Brown, volviéndose desde el asiento delantero para hablar con Callie–. Nuestra Rosie puede cubrir tu turno en el pub por ahora.

–Lo haré encantada –dijo Rossie, y apretó el brazo de Callie–. Necesitas unas vacaciones.

–No tengo dinero para ir a ningún sitio –contestó Callie. Su padre no le había dejado nada. La casa en la que vivían era de alquiler. Él siempre había bebido mucho y se había dedicado al juego. El trabajo de Callie, como limpiadora en el pub, solo servía para pagar la comida que necesitaban, y eso solo si él no le pedía el dinero para gastárselo en la sala de juego.

–Piensa en lo que te gustaría hacer –insistió Ma Brown–. Ahora es tu turno, Callie.

A ella le gustaba estudiar. Cultivarse. Aspiraba a ser algo más que limpiadora en un pub. Su sueño era trabajar en el exterior, respirando aire fresco y sintiendo el sol en el rostro.

–Nunca se sabe –añadió Ma–. Mañana cuando limpiemos la casa igual descubrimos que tu padre se dejó un montón de dinero en su ropa, por equivocación.

Callie puso una media sonrisa. Sabía que sería afortunada si se encontraba alguna monedita. Su padre nunca había tenido dinero. Nunca habrían sobrevivido sin la generosidad de los Brown. Pa Brown tenía una huerta donde cultivaba verduras y siempre le daba algunas a Callie.

–No te olvides de que puedes quedarte con nosotros todo el tiempo que necesites –le dijo Ma Brown, desde el asiento del copiloto.

–Gracias, Ma –inclinándose hacia delante, Callie le dio un beso en la mejilla–. No sé lo que haría sin ti.

–Te iría bien –insistió Ma Brown–. Siempre has sido una mujer capaz y ahora eres libre para llegar tan alto como tu madre quería. Ella solía soñar con su hijita y con lo que esa hijita conseguiría. Es una lástima que no viviera para verte crecer.

«Pronto descubrirá lo que puedo y no puedo hacer», pensó Callie mientras los Brown y sus perros salían de la furgoneta. No podía quedarse mucho tiempo. Suponía una carga para los Brown. Ya tenían suficiente con intentar mantenerse a flote ellos mismos. En cuanto pagara las deudas que había dejado su padre, se iría a explorar mundo. Quizá a Blackpool. Allí el ambiente era fortalecedor. Blackpool era un pueblo costero del norte de Inglaterra que tenía mucha personalidad. También muchos hotelitos en busca de personal de la limpieza. Callie decidió que empezaría a buscar trabajo allí en cuanto tuviera un minuto libre.

De no haber sido por lo animada que era la familia Brown, la tarea de recoger las cosas de su padre se habría convertido en una tarea dura. Ma revisó cada habitación, mientras Callie y Rosie recogían todo para llevarlo a las organizaciones benéficas. Algunas cosas se podrían vender y otras irían directas a la basura. El montón de cosas que se podía vender era decepcionantemente pequeño.

—Nunca me había fijado en cuánta basura teníamos —admitió Callie.

—Tu padre se debió llevar lo que tenía con él.

—Dudo que tuviera algo —comentó Callie.

—No le quedó nada después de haberse dedicado al juego y a la bebida —comentó Ma Brown.

—Ahí es donde os equivocáis —comentó Rosie con tono triunfal mientras sacaba un billete de cinco libras—. ¡Mirad lo que he encontrado!

—¡Mira, Callie! —Ma Brown comenzó a reír mientras Rosie le entregaba el billete a su amiga—. Ricos, sin duda. ¿Qué vas a hacer con ese dinero?

—Nada sensato, espero —insistió Rosie mientras Callie miraba sorprendida el billete—. Ni siquiera es bastante como para comprar una bebida, y mucho menos una comida decente.

Habría preferido no haber perdido a su padre, y le resultaba extraño después de haberse pasado todos esos años intentando ganarse su amor, y asumiendo que no había *amor* en él.

—Lo echaré en el bote de la asociación benéfica de la esquina —murmuró en voz alta.

—No lo harás —insistió Ma Brown—. Ya me ocuparé yo —dijo, y le quitó el billete de la mano.

—Tómatelo como un regalo de Navidad de parte de tu padre —la tranquilizó Rosie—. Ma hará algo sensato con ello.

—Será el primer regalo que él le haya dado —murmuró Ma Brown—. Y en cuanto a hacer algo sensato con él... Tengo otra idea.

—Me parece bien —dijo Callie con una sonrisa, confiando en que se zanjara el tema.

Consciente de que su amiga estaba disgustada, Rosie

cambió de tema rápidamente. La siguiente ocasión en la que Callie oyó hablar de la sorpresa que habían encontrado fue durante la cena en casa de los Brown. Cuando las chicas terminaron de recoger, Ma Brown se cruzó de brazos y sonrió antes de anunciar:

–Querida Callie, antes de que digas nada, sabemos que no te dedicas al juego y sabemos muy bien por qué, pero esta vez vas a aceptar algo de mi parte, así que, di gracias y nada más.

Callie se puso tensa cuando vio que Ma Brown le regalaba una tarjeta de *rasca y gana*.

–Necesitarás algo para rascarla –comentó Pa Brown, sacando una moneda del bolsillo.

–Cierra los ojos e imagina dónde te llevará ese dinero –comentó Rosie.

–¿Qué dinero? –Callie sonrió al ver que todos se quedaban en silencio. El silencio era algo extraño en aquella casa. No podía decepcionarlos.

–Ya es hora de que cambie la suerte –insistió Rosie–. ¿Qué has de perder?

Los Brown habían sido muy amables con ella, pero seguramente con el dinero de la tarjeta no iría más que hasta la chimenea, para quemarla cuando comprobara que no había sido premiada.

–Cerraré los ojos y me imaginaré en un lugar donde siempre he soñado con ir...

–Abre los ojos y rasca la tarjeta –insistió Ma Brown.

Cuando todos empezaron a reírse, Callie se sentó a la mesa y comenzó a rascar la tarjeta.

–¿Y bien? No nos engañes. Dinos qué te ha tocado –comentó Ma Brown.

–Cinco. Mil. Libras.

Nadie dijo ni una palabra durante unos instantes.

–¿Qué has dicho? –preguntó Rosie.

–He ganado cinco mil libras.

Los Brown exclamaron entusiasmados y durante un buen rato estuvieron comentando varias ideas. Abrir una tiendecita cerca del pub, o una cafetería...

–Quiero daros el dinero a vosotros –insistió Callie.

–Ni de broma –Ma Brown se cruzó de brazos para zanjar el tema.

Callie decidió que guardaría una parte para ellos de todas maneras.

–Podrías comprarte todos los perros de rescate del mundo –dijo Tom, uno de los chicos pequeños de la familia Brown.

–O un coche de segunda mano –dijo otro.

–¿Por qué no te lo gastas en ropa? –sugirió una de las niñas–. Nunca tendrás otra oportunidad así de llenar tu armario.

«¿Qué armario?» pensó Callie. Todas sus pertenencias cabían en una maleta.

–No es una fortuna y Callie debe hacer algo que la haga feliz –dijo Pa Brown–. Debería cumplir alguno de sus sueños, algo que siempre recordará. Hasta ahora no se ha divertido mucho en la vida, y esta es su oportunidad.

La habitación se quedó en silencio. Nadie había oído a Pa Brown dar un discurso tan largo en su vida. Ma Brown siempre hablaba por él.

–Bueno, Callie –intervino Ma Brown–. ¿Tienes alguna idea al respecto?

–Sí –contestó ella.

–No será ir a Blackpool –dijo Rosie, girando los ojos–. Podemos ir allí cualquier fin de semana.

–¿Y bien? –preguntaron todos a la vez.

Callie agarró la guía de televisión y la abrió sobre la mesa. Había un artículo con una foto de unos huertos de limones donde una pareja con dos niños jugaba sobre la hierba. El titular decía: *Visita Italia*.

–¿Por qué no? –dijo Callie al ver que nadie decía nada–. Puedo soñar, ¿no?

–Ahora puedes hacer mucho más que soñar –comentó Ma Brown.

Para entonces, Callie ya estaba dejando su sueño en segundo plano y sustituyéndolo por uno más realista. Quizá un fin de semana en algún hotel de la costa. De paso, podría buscar trabajo mientras estuviera allí.

–Sé ambiciosa. Piensa en Italia –insistió Rosie.

–Eso sería un buen recuerdo –dijo Pa Brown.

Callie miró por la ventana. La gente que pasaba iba encogida por el frío. La foto de la revista prometía algo muy diferente, sol y árboles frutales, en lugar del humo de los coches y la ropa de abrigo. Miró la página de nuevo. Era como una ventana abierta hacia otro mundo. Las personas de la foto eran modelos, pero era evidente que no podían estar fingiendo la sensación de libertad y de felicidad que expresaba su rostro.

–Italia –comentó Ma Brown, pensativa–. Necesitarás ropa nueva para ir allí. No te preocupes, Callie. No tendrás que gastarte mucho. Encontrarás de todo en la calle principal.

Rosie miró a su madre frunciendo el ceño.

–Esta es la oportunidad de Callie para tener algo especial –susurró.

–Y debería tenerlo –convino Pa Brown–. Ya ha aguantado bastante.

–Entonces, que haga una mezcla entre la ropa de la calle principal y algo de diseño.

–Amalfi –dijo Callie, pensando en la foto de la revista. La idea de viajar a Italia era emocionante. Lo que necesitaba era un cambio de escenario antes de empezar con la siguiente fase de su vida.

–Ese sol maravilloso y la comida deliciosa, por no

mencionar la música –comentó Rosie, llevándose la mano al corazón.

«Ese ambiente romántico y los hombres italianos», la vocecita interior de Callie habló con un susurro. Ella la silenció. Siempre había tenido cuidado con las relaciones románticas. Había tenido demasiados deberes en casa como para ser frívola, y demasiadas oportunidades de presenciar lo violento que podía llegar a ser un hombre.

–Vamos, Callie. ¿Dónde está tu sentido de aventura? –preguntó Ma Brown.

Era libre de hacer lo que quisiera, así que, ¿por qué no se compraba un vestido de diseño por una vez? Tenía la posibilidad de dejar de ser Callie por unos días. Por una vez, la niña buena podía mostrar su lado divertido, si es que seguía teniéndolo.

Capítulo 2

E L SE fijó inmediatamente en la mujer que estaba sentada junto a la barra del bar. Incluso desde detrás, era atractiva. Había algo en su manera de estar, y en la forma relajada con la que hablaba con Marco, el camarero y amigo de Luca. Él acababa de hablar con Max y estaba de muy mal humor. Max no había perdido tiempo para provocar la inquietud en Fabrizio durante la ausencia de Luca. Desde que eran niños, Max había sido una molestia para él. Gracias a sus travesuras, Luca no debería visitar sus huertas de limones en la costa de Amalfi, sino que debía regresar cuanto antes a Fabrizio. Sin embargo, ese era su viaje anual al lugar que adoraba y donde estaba la gente que le importaba y, nada, ni siquiera Max, podría evitar que lo hiciera. Aunque, en aquella ocasión, solo podría pasar allí un par de noches.

La mujer era una distracción. Ella observaba a todo el que entraba a través de los espejos de detrás de la barra. ¿Estaría esperando a un amante? Él experimentó un sentimiento de celos y se preguntó por qué le importaba, si ella también podía estar esperando a un familiar o a una amiga.

Luca había pasado por el hotel para invitar a Marco a la celebración anual del inicio de la temporada de la recolección de limones. Marco y él se habían criado juntos puesto que el padre de Marco había trabajado para el difunto príncipe. Colocándose al final de la barra, desde donde podía hablar con Marco en privado, Luca vio a la mujer de frente por primera vez. Ella se mostraba segura y animada, y disfrutaba de poner a prueba su italiano. La risa iluminaba su rostro cada vez que se equivocaba y Marco la corregía.

Sintiéndose un poco enojado por el hecho de que se llevaran bien, él decidió seguir observándola. Su perfil era exquisito, aunque ella no parecía ser consciente de ello, igual que tampoco parecía consciente del atractivo de su cuerpo. Era una mujer que no se parecía en nada a las mujeres sofisticadas con las que él solía tratar. Y eso provocaba que sintiera curiosidad por ella. Vestía de manera impecable, aunque de forma sencilla para estar en uno de los hoteles más famosos de aquel lugar de la costa. Era casi demasiado perfecta. Tenía el cabello pelirrojo y lo llevaba corto. Sus ojos eran verdes y ligeramente rasgados, y le daban un toque exótico a su rostro. Su piel poco bronceada y salteada con pecas, sugería que llevaba menos de una semana allí y que vivía en un lugar más frío.

Llevaba mucho tiempo pensando en una mujer que no parecía consciente de haberle llamado la atención. ¿O no era así? Luca notó que se le tensaba la entrepierna cuando ella se volvió para mirarlo y le sostuvo la mirada.

Interesante.

–Buenas noches –después de saludar a la mujer, Luca miró a Marco para dejarle claro que quería permanecer de incógnito.

Marco sonrió. Después, se estrecharon las manos, de esa manera complicada con la que solían saludarse, y mientras la mujer los miraba con interés. Ella era mucho más guapa de lo que él había pensado. Su aroma era intoxicante. Olía a flores salvajes. «Qué oportuno», pensó Luca, cuando Marco se marchó para servir a un cliente.

–¿Puedo invitarla a una copa?

Ella lo miró a los ojos.

–¿Te conozco?

La pregunta lo pilló desprevenido, igual que su tono directo. De reojo, vio que Marco arqueaba una ceja. Su amigo llamaría al equipo de seguridad si Luca se lo pedía, y la mujer sería invitada a marcharse. Luca negó con la cabeza de forma imperceptible y Marco desechó la idea.

–Me llamo Luca –le dijo, y le ofreció la mano para saludarla.

Ella ignoró el gesto y lo miró con suspicacia.

–Creo que no nos hemos conocido antes –insistió él, esperando a que ella le dijera su nombre–. No muerdo –añadió, al ver que ella no le estrechaba la mano.

–Pero es muy insistente –dijo ella, dejando claro que no habría contacto físico entre ellos.

«¿Insistente?» Por fuera, permaneció indiferente. Por dentro, estaba a punto de estallar. Las mujeres opinaban que era encantador y atento. Era evidente que aquella mujer tenía otra idea.

–¿Qué le apetece beber?

–Agua con gas, por favor.

Luca se volvió hacia Marco y dijo:

–*Aqua frizzante per la signorina, e lo stesso per me, per favore.*

–*Sí, signor* –contestó Marco, sirviendo dos botellas de agua con gas.

Ella continuó mirándolo mientras bebía el primer sorbo. Sus ojos no mostraban ni una pizca de reconocimiento. Incluso después de unos minutos, él seguía siendo nada más que un hombre en un bar. Ella no sabía quién era, y desconfiaría de él. Si no era consciente de que su rostro había salido en todos los periódicos, desde que había ocupado el trono de Fabrizio, era porque debía haberle sucedido algo importante en la vida.

«Entonces, bella mujer», caviló él, «¿Quién eres y qué estás haciendo en Amalfi?»

Callie se estiró la fada de seda del vestido y deseó haberse puesto los pantalones Capri que Rosie había insistido en que eran fundamentales para su aventura italiana. Había estado a punto de ponérselos, pero los había dejado en el armario de la habitación porque no estaba segura de con qué zapatos combinarlo.

Aquel vestido era demasiado corto y ella podía imaginar lo que aquel hombre atractivo había pensado al verla en la barra del bar. ¿Cómo podría transmitirle que ella no estaba allí para esa clase de negocios, sino que había ido de vacaciones? La idea de tener una aventura en Italia le hacía ilusión, pero no se había imaginado un comienzo tan explosivo. Se sentía poca cosa comparándose con las mujeres sofisticadas que había en el bar. Y su falda apenas tenía suficiente tela para cubrir sus muslos. No podía moverse por miedo a que se le subiera y, como estaba tan cerca de aquel hombre musculoso, eso le preocupaba.

—No me ha dicho su nombre.

Ella se volvió para mirarlo al oír su voz seductora con acento italiano y se sorprendió al sentir un escalofrío. Recorrió su cuerpo con la mirada y se fijó en sus cautivadores ojos negros.

—Me llamo Callista —contestó.

Él apretó los labios y ella se fijó en que su boca era igual de atractiva que su mirada.

—Un bonito nombre griego —comentó él—. Eso lo explica todo.

—¿De veras? Había oído que hay gente que nace con cucharas de plata en la boca, pero la tuya debía de estar recubierta de azúcar.

Él se rio y puso cara de dolor.

—Me siento ofendido —exclamó, y se llevó las manos al pecho.

—No es cierto —insistió ella divertida, disfrutando más de su compañía después de ver que tenía sentido del humor—. Eres la persona más equilibrada que he conocido nunca.

Él sonrió.

—Y ¿qué hace Callista la cazadora, sola, en un bar?

—No lo que tú crees —soltó ella.

—¿Y qué creo?

—¿Qué haces tú solo en un bar? —preguntó ella.

Él se rio de nuevo.

—He venido a ver al camarero. ¿Cuál es tu excusa?

—Unas vacaciones —lo miró a los ojos—. ¿Cómo te ganas la vida?

Aquella pregunta tan directa lo pilló desprevenido.

—Con esto y aquello.

—¿Con esto y aquello? ¿Qué? —insistió ella.

—Supongo que se puede decir que soy un representante.

—¿Qué vendes?

—Promuevo los intereses de un país, su cultura, su industria y su gente.

—Ah, así que trabajas en turismo —repuso ella—. Eso está bien —cuando él asintió, le preguntó—: ¿Y a qué país representas?

—¿Vas a quedarte mucho tiempo? —preguntó él, cambiando de tema?

Al ver que él ignoraba su pregunta, lo miró con suspicacia antes de contestar.

—No lo suficiente.

Ella estaba disfrutando de la compañía de aquel hombre y decidió prolongar el intercambio. Él la excitaba. No tenía sentido fingir cuando todo su cuerpo reaccionaba al ver la expresión pícara de sus ojos negros. Ella nunca había coqueteado con nadie, y se sorprendía de ver que le gustaba. Aquel hombre provocaba el deseo en su interior con solo mirarla.

—¿Has bailado ya? —preguntó él con interés.

—¿Es una invitación?

—¿Quieres que lo sea?

—Tristemente, no —puso una media sonrisa—. Estos zapatos me están matando —movió un pie y miró el zapato de diseño y su tacón de aguja.

—Siempre puedes quitártelos y bailar —sugirió él.

Mientras hablaba, la banda de música comenzó a tocar en la terraza. Ella se imaginó lo romántico que sería bailar bajo las estrellas. Miró a su acompañante e, inmediatamente, deseó no haberlo hecho. Sus ojos negros la hicieron pensar en desnudarse despacio ante él. Al pensar en ello, se estremeció. Lo que debía hacer era dejarle claro que no ligaba con hombres en los bares. Debía recoger sus cosas, bajar del taburete y marcharse. Así de fácil.

«Mantener relaciones sexuales con él será divertido. Y muy bueno».

¿Qué diablos le pasaba? Aquello no era más que deseo ardiente que prometía grandes placeres.

—Eres muy agradable, *signorina*.

—¿De veras? —no era esa su intención. Él sí que lo era. La sensualidad emanaba de su cuerpo. Si ella se embarcaba con Luca en una aventura, sería fantástica. La idea de tumbarse junto a él, piel con piel, mientras sus fuertes manos controlaban su placer...

—¿*Signorina*?

—¿Sí? —ella pestañeó y lo miró de nuevo. Por muy atractivo que fuera, tenía que tener cuidado de no ir demasiado lejos. ¿Así que la aventura de su vida había terminado antes de empezar? La aventura de su vida parecía algo estupendo en teoría, pero en la práctica amenazaba todo tipo de placeres desconocidos... O peligros, rectificó Callie. Era lo bastante sensata como para no permitir que la cosa llegara demasiado lejos. Concentrándose en el vaso de agua, intentó no fijarse en la masculinidad que trataba de seducirla. Finalmente, abandonó. Él había ganado. Era mucho mejor coqueteando que ella.

¿Y qué más se le daría bien?

–¿Le apetece otra agua con gas, *signorina*?

¿Cómo podía conseguir que una pregunta tan sencilla pareciera tan arriesgada?

–Sí, por favor.

Callie deseaba conocer más cosas sobre él. ¿Qué había de malo en ello? No todos los días se presentaban oportunidades así. No estaba preparada para marcharse todavía. Y ¿por qué debía ser ella la que se marchara?

Marco rellenó su vaso y Luca se lo entregó. Ella suspiró cuando sus dedos se tocaron. Él era como un artefacto incendiario para sus sentidos. Mirando a través del espejo que estaba detrás de la barra, miró a los otros hombres de la sala. Ninguno era comparable con Luca. Todos parecían hombres decentes vestidos con traje de negocios. Ninguno iba con unos vaqueros ceñidos y una camisa blanca con el cuello desabrochado, dejando al descubierto su vello varonil. Al ver que Luca la miraba a través del espejo, Callie se sobresaltó.

–¿Lo estás asimilando todo? –le sugirió él.

No podía estar interesado en ella. No tenía mucho sentido, con la de mujeres atractivas que había en el bar. ¿Se habría enterado de que había ganado dinero? Aunque no parecía un hombre necesitado, y Marco, el camarero, parecía conocerlo. Después de haber sobrevivido a su padre, ella no tenía intención de enamorarse de un hombre apuesto solo porque fuera encantador.

¿Enamorarse?

—Estás frunciendo el ceño, *signorina* —murmuró Luca, con un tono que provocó que se le erizara el vello de la nuca—. ¿Espero que no sea yo el motivo de tu preocupación?

—Para nada —contestó ella, al mismo tiempo que él la miró fijamente y la hizo estremecer.

Luca solo le preocupaba en un aspecto. Era un buen seductor y ella debía darle las gracias por la bebida y marcharse.

—¿Te apetece un fruto seco? —preguntó ella en cambio. Luca sonrió y arqueó una ceja—. Antes de que me los coma todos —añadió Callie, en un tono que indicaba que no bromeara con ella.

—Sería más fácil y mucho más sabroso que vinieras a cenar conmigo —dijo él, ladeando el rostro.

Ni pensarlo. Eso suponía correr un peligro.

—¿Cenamos? —insistió Luca—. ¿O pedimos más frutos secos?

Ella lo miró avergonzada al ver que el plato estaba casi vacío y se quedó boquiabierta cuando Luca le agarró la mano. Nunca había sentido tanta conexión con otra persona. Al darse cuenta de que él solo la había tocado para sujetarle la mano y volcarle el contenido del plato sobre la palma, se sintió avergonzada.

—Disfruta de la cena, *signorina* —dijo él, y se enderezó.

—¿Dónde vas?

—¿Vas a echarme de menos?

—Solo si se me acaban los frutos secos.

Luca soltó una carcajada que provocó que a ella se le acelerara el corazón.

—Podrías venir conmigo.

—No, gracias —sonrió, consciente de que estaba haciendo lo correcto. Luca era como un imán que la atraía con fuerza. Y a ella empezaba a gustarle demasiado eso de coquetear–. No permitas que te retrase la cena.

–He elegido quedarme un poco más.

Su manera de hablar hizo que se le acelerara el corazón. La manera de mirarla, que todo su cuerpo reaccionara. Su acento italiano, su voz grave y el atractivo de su cuerpo la habían hipnotizado.

–¿Signorina?

Él estaba esperando su decisión.

–Disfruta de la cena –ella quería irse con él. Quería ser una chica mala por una vez en la vida. Las chicas malas se divertían más. No obstante, sabía que se arrepentiría de acostarse con él sin conocerlo mejor. Y también, de no acostarse con él y no volver a tener la oportunidad.

–Disfruta de los frutos secos...

Callie no podía creerlo cuando él se marchó. Ya estaba. Todo había terminado. Él no había sugerido que se volvieran a ver y no le había pedido su número de teléfono. Probablemente, era lo mejor. Él esperaba demasiado de ella, mucho más de lo que ella estaba preparada para dar.

Se despidió de Marco y se bajó del taburete. Se sentía impaciente cuando salió del bar. No podía echar de menos a un hombre que no conocía. Se encontraría mejor cuando estuviera en su habitación. Quizá esa noche se había puesto elegante, pero seguía siendo Callie la del barrio. Aunque no por mucho tiempo, decidió cuando llegó a su habitación. No podía quedarse en el hotel, debía hacer algo. Salir, conocer la verdadera Italia. Ese viaje se suponía que iba a ser una aventura. Ella no estaba anclada al pasado, ni asustada por el futuro. «Que llegue mañana», pensó mientras se metía en la cama.

Nada más llegar al *palazzo*, Luca llamó a Marco.

–¿Quién es esa mujer?

–¿La *signorina* Callista Smith? Se aloja sola en el hotel, si es lo que me preguntas, amigo.

–¿Soy tan transparente?

Marco soltó una carcajada.

–Sí.

–¿Sabes algo más sobre ella?

–Solo que viene del norte de Inglaterra y que su padre falleció hace poco, así que, para Callie esta es una experiencia de inicio de nueva vida. Eso es lo que me contó mientras charlábamos. Y es todo lo que sé acerca de ella.

–Muy bien. Explica muchas cosas, aunque algo suponía.

–¿Y? –preguntó Marco.

–Y no es asunto tuyo –le dijo Luca a su amigo–. ¿Mañana por la noche te veré en la finca para la celebración?

–El inicio de la temporada de la recolecta de limones. No me la perdería por nada del mundo, pero ¿puedes permitírtelo? Pensaba que Max estaba provocando la inestabilidad en Fabrizio.

–He puesto métodos de control para mantener a Max a raya.

–¿Controles económicos?

–Exacto –dijo Luca. Max recibía una generosa paga mientras su padre ocupaba el trono. A Max nunca le había gustado trabajar y como no tenía otra fuente de ingreso le había pedido a Luca que lo mantuviera.

–Y antes de que me lo preguntes –añadió Marco–, la s*ignorina* Smith se quedará en el hotel unos días más.

–¿Has investigado sobre ella?

Marco se rio.

–¿Te importa? Pareces suspicaz.

Él se sorprendió al ver que sí le importaba.

–Retírate, Marco.

–Eso parece una advertencia.

–Puede que haya descubierto que tengo conciencia –sugirió Luca–. Es inocente y está sola, y tú no tienes ninguna de las dos características.

–¿Ya te sientes responsable por ella? –Marco añadió–. Esto parece algo serio.

–Soy una persona que se preocupa por los demás –comentó Luca.

–Haré lo que pides –contesto Marco–. Y observaré con interés a ver cuánto dura tu preocupación acerca de la inocencia de la *signorina* Smith.

Luca le dijo a Marco lo que podía hacer con su interés por Callista Smith, le recordó lo de la fiesta y cortó la llamada.

¿Qué estaba haciendo? Era un hombre que tenía que cuidar de un país y que lidiar con un hermano que estaba prácticamente fuera de control. Y además tenía que encontrar una esposa que le diera un heredero para continuar con la dinastía. No debería perder el tiempo en plantearse tener una aventura, y no lo habría hecho si no hubiera encontrado tan atractiva a la señorita Smith. Tenía que recordarse que ella era una mujer ingenua con toda una vida por delante y mucho que aprender. Sería mejor si no volvieran a verse. Ella debía aprender acerca del sexo y de las realidades de la vida con un hombre que pudiera dedicarle tiempo.

«No permitas que me encuentre con ese hombre», pensó Luca mientras se acomodaba en el asiento de su deportivo rojo favorito. Lo mataría. ¡No! No tenía tiempo para perder en una aventura con una mujer que, aunque le hubiera interesado esa noche, lo aburriría enseguida, en cuanto le demostrara que era tan superficial como las demás.

Apretando el acelerador, se dirigió a la ciudad sin dejar de pensar en Callista Smith. Su plan era cenar en su restaurante favorito. Ella debería haberlo acompañado.

–Hola, Luca... ¿Vienes solo esta noche? –le preguntó el propietario del restaurante. Lo conocía desde que era un niño, y salió de la cocina para darle un fuerte abrazo.

–Por desgracia, sí, pero no te preocupes que puedo comer tanto como si fuéramos dos.

–Siempre has tenido buen apetito.

«Cierto», pensó Luca, mientras miraba a las mujeres que estaban en las mesas. Todas lo miraban con provocación, pero ninguna consiguió llamar su atención. No como Callista Smith.

Callie estaba segura de que era la persona más desagradecida del mundo. Estaba en el lugar más bonito que hubiera imaginado jamás, hacía sol y estaba en un hotel maravilloso, sin embargo, sentía que algo faltaba. ¿Y cómo podía ser? Si estaba tumbada en una cama con sábanas blancas y olor a lavanda y llevaba un camisón de algodón y encaje que se había comprado para el viaje de su vida.

«Si el dinero no me hace feliz, ¿qué más puedo hacer?»

Bueno, se había gastado la mayor parte del dinero en alojarse en ese hotel, así que no tendría que preocuparse por qué hacer con el dinero durante mucho más tiempo. Salió de la cama, abrió la ventana, y se quedó sin respiración al ver las maravillosas vistas. Los acantilados blancos caían hasta las playas de aguas cristalinas. Cerró los ojos y respiró hondo. El aroma de las flores y del pan recién hecho, provocaron que respirara hondo una vez más.

¿Por qué no le bastaba con aquello?

Se sentía sola. Echaba de menos a los Brown. Y a sus compañeros de trabajo. Quizá no había sido muy divertido estar en casa con su padre borracho la mayor parte del tiempo, pero los Brown compensaban aquella situación y cuidar de su padre se había convertido en su rutina. Todavía se ponía triste si pensaba en él y en cómo había desperdiciado su vida. Podía haber conseguido mucho más, pero había elegido dedicarse al juego y a la bebida, confiando en sus amigos poco recomendables, en lugar de en su hija Callie, o en los Brown.

No tenía sentido lamentarse. Estaba decidida a seguir con su vida, y debía tomar decisiones. No iba a quedarse en el hotel sin hacer nada durante el resto del día. Tampoco iba a monopolizar a Marco y correr el riesgo de encontrarse de nuevo con aquel hombre de sonrisa devastadora. Luca no era de su círculo, pertenecía a los cuentos de hadas. Ella había tratado de pensar en un actor o un famoso que lo superara, pero no había conseguido ninguno. Le gustaba tanto, que se sentía asustada. No podía ser normal. No era posible que no pudiera dejar de pensar en él, imaginando que la abrazaba y la besaba... que sus cuerpos se rozaban... ¡Era ridículo! Se retiró de la ventana. Podía fantasear con Luca todo lo que quisiera, y lo había hecho la mayor parte de la noche, pero era lo bastante sensata como para mantenerse alejada.

—Servicio de habitaciones...

Ella se volvió y corrió a abrir la puerta.

—Siento haberme retrasado tanto. He dormido mucho.

—Puedo volver más tarde —preguntó la camarera.

—No. Por favor —repuso Callie—. Hablas muy bien inglés. ¿Puedo preguntarte una cosa?

—Por supuesto. Me llamo María. Si puedo ayudarla, lo haré encantada.

María no era mucho mayor que Callie.

–Si quisieras trabajar al aire libre, María... Donde yo vivo no hace mucho sol –le explicó Callie–. ¿Dónde buscarías trabajo?

–Ah, eso es fácil. Estamos en el comienzo de la temporada de la recogida de limones y se necesita mucha mano de obra temporal. En las afueras hay una gran finca que pertenece al príncipe. Siempre contratan gente en esta época.

– ¿La finca del príncipe? Suena muy bien.

–Es muy amable –le aseguró María–. Debe serlo, porque la gente va año tras año.

–¿Crees que podría conseguir un trabajo allí?

–¿Por qué no? –María frunció el ceño–. Pero ¿Por qué quiere trabajar recolectando limones?

Callie comprendía que a María debía resultarle extraño que estuviera en un hotel de cinco estrellas y quisiera trabajar en el campo.

–Necesito un cambio –admitió–. Y me encantaría trabajar al aire libre.

–Lo comprendo –convino María–. Si fuera usted, hoy iría a la finca. Así no se perderá la fiesta.

–¿La fiesta?

–Siempre celebran una fiesta al principio de la temporada –le explicó María–. Igual que al final. Aparte de exportar limones al resto del mundo, en la finca del príncipe también fabrican el licor Limoncello, y sus fiestas son siempre las mejores.

–¿Es muy mayor?

–¿El príncipe? –María soltó una risita–. Es el hombre más atractivo que hay.

Que hubiera dos de los hombres más atractivos en la misma ciudad, parecía imposible, pero puesto que ella no iba a encontrarse con el príncipe y estaba decidida a evitar a Luca, podía estar tranquila.

–Te agradezco muchísimo esta información –le dijo a María.

–Si necesita algo más, *Signorina*...

–Llámame Callie. Nunca se sabe cuándo nos volveremos a encontrar.

–Quizá en las huertas de limones –sugirió María.

–En las huertas –convino Callie, entusiasmada con la idea de trabajar en las huertas que había visto en las fotografías.

Estaba nerviosa y no podía esperar a embarcarse en su nuevo plan. Dejaría de ser Callie, la del barrio, y pasaría a ser Callie, la del limonar, algo que sonaba muchísimo mejor.

Aquel era su lugar favorito, decidió Luca mientras colocaba unas cajas en la parte de atrás de un camión. Trabajo físico bajo el sol, rodeado de la gente que quería, y a quien no le importaba si era príncipe o indigente. Max estaba controlado por el momento y, según le habían informado a Luca, pasaba la resaca en la comisaría local. Luca tenía que aprovechar la oportunidad y disfrutar en la fiesta que celebraría esa noche, tal y como había dicho su asistente Michel.

–Volveré en cuanto me necesites –le había dicho a Michel. Luca nunca estaba resentido por los deberes que conllevaba la realeza, y se sentía halagado por el hecho de que el difunto príncipe le hubiera confiado la responsabilidad de cuidar de su país y su gente. El único inconveniente era tener que elegir una princesa, cuando hasta el momento ninguna de las candidatas le resultaba atractiva.

«Para que se tumbara a su lado, bajo su cuerpo, y le diera hijos».

Al pensar en Callista, apretó los dientes. Ella podría

tumbarse a su lado, o bajo su cuerpo, aunque dudaba de que pudiera permanecer tranquila o que aceptara durante mucho tiempo. Le daba la sensación de que ella querría cabalgar sobre él, igual que él deseaba cabalgar sobre ella, provocándole mucho placer durante el mayor tiempo posible. Callista tenía más carácter en el dedo meñique que la mayor parte de las princesas en todo su cuerpo. Y lo cierto era que él debía encontrar una esposa pronto. Michel, el asistente de su padre, se había negado a jubilarse antes de que Luca encontrara una esposa.

–Lo que este país necesita es una familia joven que inyecte vitalidad a Fabrizio, para que el país pueda avanzar en un futuro.

Luca sabía que lo conseguiría. Después de haber visto el interés que había surgido hacia él durante el funeral de su padre, sabía que no le resultaría difícil encontrar a una mujer. La imagen de Callista apareció en su cabeza. Callista desnuda. Ofreciéndose tal y como era. Quizá fuera joven e inexperta, pero su naturalidad prometía el tipo de placer que las princesas sosas eran incapaces de proporcionar.

«¿Y de qué me sirve esto a la hora de buscar esposa?».

Mientras cargaba la última caja de limones, murmuró al recordar las palabras de Michel.

–El tuyo será un reinado copioso, con una cosecha de hijos tan abundante como la de tus limoneros –le había asegurado.

Y después de haber contemplado las posibles candidatas a esposa, a Luca se le había puesto cara de haber chupado un limón. Se metió las manos en los bolsillos y puso una mueca al pensar en la montaña de carpetas que tenía sobre su escritorio. Tras haberlas hojeado, se habían confirmado sus peores temores. Todas las princesas eran buenas candidatas para desempeñar el papel de esposa, pero ninguna lo excitaba.

¿Qué estaría haciendo Callista en aquellos momentos? Sería mejor que no estuviera sentada en el bar. Si no, la sacaría de allí y...

¿De veras? Sonrió, al imaginar cómo reaccionaría ella. No tenía nada de sosa. No sería fácil de encajar, ni se conformaría con estar rodeada de lujo mientras trataban de tener herederos. Incluso a Michel le resultaría difícil de encajarla en las costumbres de la realeza.

¡Menos mal! ¡Lo último que necesitaba era tener una mujer decidida enfrentándose a él en cada paso del camino!

No obstante, una ola de deseo lo invadió por dentro al imaginarla entre sus brazos. Podía esperar unos días para encontrar una princesa adecuada.

Callie contempló las verjas que rodeaban la finca del príncipe. Eran tal y como ella imaginaba. Imponentes y con lanzas bañadas en oro en la parte más alta. También había unos leones mostrando los dientes que parecía que la miraban.

–Hola –les dijo, preguntándose si no estaría en la entrada equivocada. Era demasiado tarde. De pronto, se fijó en un cartel con una flecha roja y se dirigió en esa dirección. Al llegar a una garita que estaba al final de la verja, presionó un botón del interfono:

–*Sollevare la testa, si prega* –contestó una voz.

–Lo siento, pero no hablo muy bien italiano.

–Mire hacia arriba, por favor –le indicó la voz.

Ella miró hacia el cielo.

–A la cámara.

«Qué tonta soy. ¡Esa lente redonda que tengo delante es una cámara!»

–La fotografía se toma por motivos de seguridad. Si no desea entrar en la finca, por favor, retírese.

–No... Sí quiero entrar. He venido a pedir trabajo. Lo siento si debería haber empleado otra puerta... –se calló al ver que se abrían las puertas de la verja.

–Diríjase hasta donde está el encargado, en el primer establo que se encuentre.

–Sí, *signor...* –contestó ella.

Boquiabierta, contempló el largo camino de piedras blancas que llegaba a un edificio de piedra rosada. El *palazzo* era un edificio enorme y elegante, con torres y torretas que parecían sacadas de un cuento de hadas.

«El castillo de Cenicienta», pensó ella. Lo pájaros cantaban a los lados del camino y las mariposas bailaban entre las flores, pero no veía ni rastro del establo al que se había referido la voz del interfono.

–¡Hey! *¡Per di qua!* ¡Por aquí!

Ella se volvió al oír las voces y vio a más recolectores que se dirigían hacia un camino semioculto entre los arbustos.

Callie se acercó a ellos. Había otra señal bien grande, pero ella no la había visto. La señal decía:

Benvenuto ai nostro personale stagionale!

Ella sabía que quería decir: Bienvenidos nuestros empleados temporales.

Era un recibimiento mucho más cálido que la hoja que estaba pinchada en el corcho del pub, donde se advertía a los empleados que utilizaran la puerta trasera o serían despedidos inmediatamente.

Los recolectores la habían esperado y charlaban muy animados. Ella estaba entusiasmada. Aquello era una aventura y era lo que estaba esperando. Se lo tenía que contar a los Brown.

Al enterarse de que podía empezar a trabajar ese mismo día y de que le pagarían en metálico si lo prefería, se alegró. Había pensado en marcharse del hotel y mudarse a un pequeño hostal para poder prolongar su estancia. Ya había llamado para ver si tenían habitaciones. Estaba deseando conocer la verdadera Italia y, era muy buena administrándose el dinero. Había probado la vida de lujo y, aunque se alegraba de haberlo hecho, se había quedado un poco decepcionada. «Esto es mucho mejor», pensó mientras salía del establo con otros recolectores. Allí no había aires de grandeza y, sobre todo, no necesitaba llevar esos terribles zapatos de tacón.

La finca del príncipe era como un pueblo pequeño. Había docenas de grupos de recolectores trabajando entre los limoneros. «Esto es el paraíso», pensó Callie mientras se enderezaba y paraba a tomar un poco de aire. Sí, el trabajo era duro, pero el sol era cálido y el aroma de los limoneros, embriagador. Llevaba guantes para protegerse las manos y una herramienta para recoger los limones que estaban fuera de su alcance. El compañerismo era increíble. Todo el mundo quería ayudar a los nuevos. La fiesta de la que María había hablado en el hotel era esa noche, y todos los recolectores estaban invitados. ¿Qué podía ser mejor que aquello?

Enseguida reanudó la recogida. Con un cubo ligero atado a la cintura, iba recogiendo los limones del árbol. Después, volcaba el cubo en unas cajas que luego se llevaban en tractores. Cuando el sol cubrió el cielo del atardecer de color naranja, ella se sentía como si hubiera trabajado allí toda la vida.

Incluso se hizo una nueva amiga llamada Anita, una mujer grande y de aspecto saludable, con una gran sonrisa. Anita iba allí cada año a trabajar, desde el norte de Inglaterra, para recoger limones, sentir el sol en el rostro y prepararse para el frío invierno.

–Estoy sola –le había dicho a Callie–, pero cuando llego aquí, es como si tuviera familia.

Fue entonces cuando Callie le habló a Anita de los Brown.

–Es gente que hace que las cosas sean especiales, ¿verdad? –había preguntado ella.

Aquella no solo era una buena manera de alargar su estancia en Italia, decidió Callie, mientras Anita se ofrecía para mostrarle el camino a la cocina. Era una nueva manera de enfocar la vida, si es que tenía valor para aceptarla.

La aceptaría. Quizá le dolieran los músculos por no estar acostumbrada al ejercicio, pero se sentía entusiasmada por primera vez desde hacía años. Eso era tener libertad.

Capítulo 3

CALLIE se percató de que su aventura acababa de empezar. Anita le mostró uno de los jardines que rodeaba el palacio y donde se iba a celebrar la fiesta de aquella noche. Ella no pudo evitar mirar a través de las ventanas del palacio para ver si podía ver al príncipe. Por supuesto, no había nadie que se pareciera a un príncipe, y la multitud no estaba nada alterada, así que era probable que no estuviera allí. Anita y Callie aceptaron la copa de Limoncello con hielo que les ofreció un camarero y comenzaron a hablar. No llevaban mucho tiempo hablando cuando Callie sintió la necesidad de volverse.

−¿Luca? −preguntó boquiabierta.

−¿Alguien que conoces? −preguntó Anita sorprendida.

−Más o menos −admitió Callie. Solo lo había visto un instante, y un grupo de gente lo tenía rodeado. A ella no le sorprendía tanto interés. Era su atractivo lo que le había llamado la atención.

−No me dijo que trabajaba aquí −le dijo a Anita.

−Es habitual que... ¿Estás bien? −Anita iba a decirle algo sobre Luca, pero se calló al ver la cara de Callie.

−Estoy perfectamente bien −mintió Callie. Había dejado la copa y se había cruzado de brazos para ocultar su excitación, cuando Luca la miró fijamente a los ojos.

−Oh-oh. Viene hacia aquí −le advirtió Anita−. Tengo

la sensación de que todo está a punto de cambiar para ti
—comentó, mientras le daba un empujoncito a Callie, que
parecía estar en trance—. Será mejor que me esfume...

—¡No, Anita! Quédate... —demasiado tarde, Anita
había desaparecido entre la multitud.

Luca saludó a Callie con una botella de cerveza en
la mano y sonrió. Ella sonrió también. Su corazón latía
de forma acelerada. Era muy emocionante volverlo a
ver. Demasiado emocionante. Debería haber seguido a
Anita. ¿Qué hacía allí de pie?

Era sencillo. Nunca había huido de nada y no iba a
empezar a hacerlo.

Y él era como un imán. Luca estaba más atractivo
que nunca con la ropa de trabajo. Su rostro bronceado,
el cabello negro y espeso y la barba incipiente, hacían
que fuera mejor evitarlo. «Yo he venido en busca de
aventuras», se recordó Callie, sonriendo para sí. Se fijó
en los arañazos que tenía en los antebrazos y en las
piernas, y al ver que se quitaba la suciedad del rostro
con el brazo, le pareció todavía más sexy. La hoguera
que tenía detrás hacía que pareciera un diablo que había
bajado del infierno para provocar el caos entre las novi-
cias coquetas.

—Luca —dijo ella, al ver que es acercaba.

—*Signorina* Callista Smith —contestó él con una sonrisa—. Qué agradable sorpresa.

—¿Sabes cómo me llamo? —Callie se dio cuenta de
que debía haber hablado con Marco el camarero.

—No puedes pretender que te ignore, *signorina*.

Luca bromeó haciendo una reverencia y ella trató de
no fijarse en que se habían convertido en el centro de
atención. No se sentía halagada por el hecho de que él
la hubiera elegido. Si era habitual verlo por allí, tal y
como había dicho Anita, solo se había acercado a ella
por ser la novedad.

Llevaba la camiseta ceñida y por fuera de la cinturilla de los pantalones cortos. Resultaba imposible no fijarse en la línea de vello oscuro que se escondía bajo la cinturilla, ni su abultada entrepierna. Decir que era impresionante era quedarse corto. Incluso cuando ella intentó centrarse en algo inofensivo, como sus pies bronceados bajo las sandalias, también le resultó muy sexy. Recorrió sus piernas con la mirada y llegó de nuevo al lugar donde no debía mirar. Tenía que parar inmediatamente, ¡y concentrarse!

¡No! ¡Ahí no!

Se había encontrado de nuevo con un hombre muy desafiante, y debía estar preparada. Lo miró y pensó que debían ponerle una estatua en la plaza para que todo el mundo pudiera admirarlo.

—Me alegro de verte en la fiesta —dijo él, sonriendo—. Espero que esta noche pongan frutos secos.

Ella lo miró medio sonriendo, medio regañándolo. Él se había detenido a poca distancia. Callie recibió su calor. Y su voz alteró sus sentidos hasta que percibió tanto placer como Luca sabía ofrecer. Se inclinó hacia ella y le tapó la luz. Ella sabía que debía estar atenta. No soportaba estar a la sombra de nadie.

—¿Has venido solo? —le preguntó, echándose a un lado.

—Así es —le confirmó él.

—¿No hay nadie esperándote en casa?

—Mis perros, mis gatos y los caballos —dijo él.

—Creo que sabes a qué me refiero —insistió ella.

—¿Sí? —Luca la miró y a ella se le formó un nudo en el estómago—. ¿Siempre le haces el tercer grado a la gente que acabas de conocer?

«Cuando se parecen a ti, y guardan miles de secretos, sí», pensó ella.

—Depende de con quién esté hablando —dijo ella.

–¿Y por qué a mí sí?

–¿Tenemos tiempo suficiente? –preguntó Callie. Al ver que él se reía, añadió–. No esperaba verte aquí, así que me he llevado una sorpresa.

–Espero que te vayas acostumbrando.

–Intentaba hacerlo con tacto, pero me he dado cuenta de que me resulta más fácil ser directa.

–Estoy de acuerdo –dijo él.

–¿Estás casado? –pregunto ella–. ¿O tienes una pareja o una amiga especial?

Luca sonrió.

–No bromeabas cuando decías que eras directa.

–Cierto –confirmó Callie–. Antes de que diga nada más, necesito saber en qué terreno me muevo.

–¿Parezco casado?

–Esa no es una respuesta a mi pregunta –se quejó ella–. Es una evasiva.

–No estoy casado –confirmó Luca, cuando ella se volvió para marcharse. La agarró del brazo y ella se quedó paralizada–. No estoy comprometido, aparte de estar brevemente unido a ti –le dijo, y retiró la mano–. ¿Eso satisface tu código moral?

–Mis expectativas van en otra dirección.

–Eres una mujer intrigante, Callista Smith.

–Callie –repuso ella–. Y tú has debido de tener una vida muy protegida.

Él se rio al oír su comentario, y ella deseó poder pasarse el resto de la noche provocándose el uno al otro. Él la hacía sentir bien. Había química entre ellos. Atracción sexual. ¿Quién no pensaría en el sexo estando con Luca?

Parecía un depredador que creía haber encontrado a su presa. Mientras que Callie era dulce y picante a la vez, y estaba decidida a no llegar más lejos, Luca era todo con lo que ella había soñado mientras limpiaba el suelo del pub arrodillada, pero aquello era la vida real y lo mejor que podía hacer era marcharse.

—Estaba a punto de irme a casa —le explicó, mirando hacia el camino.

—¿No lo estás pasando bien?

«Demasiado bien».

—Sí —no podía mentir. Había disfrutado durante todo el día, y la comida olía de maravilla, la banda estaba tocando y hacía una noche preciosa y estrellada. Y, además, estaba con Luca—. Mañana tengo que trabajar.

—Y yo —repuso él.

—Me lo estás poniendo muy difícil.

—¿Y por qué vas a negarte la recompensa de un duro día de trabajo?

«Depende de la recompensa». ¡Era tan atractivo! Le recordaba a un depredador a punto de saltar sobre su presa.

—¡Eh, Luca!

Ambos se volvieron para ver que Marco se acercaba. Durante unos instantes, la tensión se disipó. Luca saludó a Marco, pero al cabo de unos instantes, se quedaron a solas otra vez.

—Pensaba que te habrías ido a buscar frutos secos —comentó el.

—Estaba esperando para decirte adiós.

—Ah.

Callie se preguntaba si lo decía convencido, o si sabía que estaba atrapada por su potente masculinidad.

—¿Y por qué estás aquí, mujer misteriosa? ¿Te alojas en un hotel de cinco estrellas, pero trabajas recolectando limones?

—¿Qué tiene de malo?

—Nada.

—Bueno, ahora que ya hemos hablado de ello, te digo adiós.

Luca se encogió de hombros y se echó a un lado para dejarla pasar, pero antes le retiró un mechón de pelo de la frente.

Ella se estremeció, y sus pezones se pusieron erectos.

–Quédate –insistió él–. Te divertirás más.

Eso era lo que le daba miedo.

–¿Debería sentirme halagada por tu sugerencia? –preguntó ella con frialdad, y mirándolo a los ojos.

–No –dijo él–. Solo que debes estar alerta.

–¿Hay muchos depredadores en esta fiesta?

–Ninguno que pueda tener la oportunidad de acercarse a ti.

–¿Los mantendrás alejados? Pensaba que tendrías cosas mejores que hacer.

–Y yo pensaba que ibas a marcharte.

–Así es.

Él no podía creerlo cuando ella se marchó. Callie no era una mujer a la que pudiera engatusar para llevarla a la cama, sino una mujer con la que tenía que tener cuidado. Bien. Necesitaba un reto. Solo había una mujer que pudiera mantener su interés aquella noche. Le costaba creer la transformación que había sufrido, había pasado de mariposear con él en el bar a recolectar limones en sus huertas. Era una buena mezcla. Además, le encantaba su expresión decidida. Estaba harto de las mujeres insulsas. También le encantaba su manera de caminar, con la cabeza bien alta y contoneando sus caderas. Ella no tenía ni idea de quién era él. Y dudaba de que hubiera marcado alguna diferencia. Para Callie, el estatus no significaba nada, tal y como había demostrado al pasar de vivir en un hotel de cinco estrellas a realizar un trabajo duro en la huerta.

El sol había sido amable con ella. Sonrosada por culpa de la actividad física, estaba lo bastante atractiva como para comérsela, algo que él había dejado para la noche. Él la había observado charlando con sus amigas. Estaba mucho más relajada de lo que había estado en el hotel. Se reía con facilidad y gesticulaba cuando el idioma no le permitía comunicarse. Nada parecía perturbarla. Aparte de él.

Se sentía cómoda con todo el mundo, igual que él, y era mucho más bella de lo que la recordaba. Joven y natural... Incluso la suciedad que tenía en el cuello había hecho que él deseara limpiársela con la lengua. Había llegado el momento de que dejara de pensar en Callie desnuda, entre sus brazos, o tendría que pasearse por la fiesta completamente excitado.

Y antes de proponerse llevársela a la cama, debía encontrar la respuesta a varias preguntas. ¿Por qué se dedicaba a recoger fruta por unos euros al día si se alojaba en un hotel de cinco estrellas? ¿Solo por la experiencia? ¿Quién se lo pagaba? ¿Por qué estaba en Italia? ¿Estaba huyendo de algo o de vacaciones? Luca no tenía intención de permitir que Max le preparara una trampa acaramelada que pudiera desacreditarlo y exponer a Fabrizio a la corrupción bajo el mandato de su hermanastro. Había llegado el momento de averiguar más cosas.

Al acercarse a ella, los amigos de Callie desaparecieron.

–¿Dónde van? –preguntó ella, sorprendida.

Le estaban dejando espacio. Callie era completamente ajena a las dinámicas que existían entre un príncipe y su pueblo. Sin embargo, por mucho que a Luca le hubiera gustado que fuera diferente, él no tenía la capacidad para retirar los obstáculos que se interponían entre él y la utopía.

–Cualquiera diría que tiene la peste –dijo ella, bromeando para salvar la situación.

–Espero que no sea tan grave –dijo él. Ella tenía mucho atractivo y era muy fácil imaginarla con las piernas alrededor de su cuerpo gimiendo de placer–. ¿Bailas? –le sugirió.

–No, si puedo evitarlo –repuso ella.

La respuesta era típica de Callie.

–¿Por qué no? –preguntó él.

–Porque es como si tuviera dos pies izquierdos y el sentido del ritmo de un hámster en una rueda.

Él se encogió de hombros.

–Debe ser interesante. Yo también voy muy deprisa.

Ella arqueó una ceja.

–¿Quizá puedo hacer que vayas más lento? –sugirió él–. ¿Mostrarte una alternativa para que no corras para llegar al final?

Ella se sonrojó. Había captado la indirecta sexual de sus palabras, pero contestó de forma muy directa.

–Debes llevar botas con punta de acero para sentir tanta seguridad. Y voy a dejarlo pasar de momento.

Él no había terminado, y la agarró del brazo para atraerla hacia sí. La sensación era maravillosa. Ella era fuerte, ágil, y acogedora en los sitios adecuados. Era muy pequeña comparada con él, pero encajaban a la perfección.

–Das muchas cosas por supuesto –comentó ella frunciendo el ceño, pero sin apartarse.

–No veo que hayas salido corriendo.

–Cavernícola.

–Comenueces.

–¿Comenueces? –ella lo miró a los ojos.

–Eres peculiar –dijo él, fijándose en sus ojos verdes.

–¿Peculiar?

–Anticuada.

–No hay nada de malo con las tradiciones. Alguien ha de responsabilizarse de mantener el nivel alto.

Sí. Ese era él. Le miró la boca y decidió que podría besarla hasta que se quedara dormida por agotamiento.

—Dímelo a mí —murmuró.

—¿El qué? —preguntó ella, arqueando las cejas.

A él no le importaba. Le encantaba verla mover los labios mientras lo provocaba. La idea de separárselos con la lengua y explorar todos los recovecos de su boca, provocó que un fuerte deseo lo invadiera por dentro.

—¿Y ese baile del que hablamos?

—Del que hablaste tú —aunque Callie no se resistió cuando él la llevó hasta la pista de baile, donde la multitud les había dejado un hueco.

Cuando Luca la estrechó contra su cuerpo, ella suspiró. Era consciente de que la gente los miraba y susurraba, y no le extrañaba, puesto que estaba bailando con el hombre más atractivo de la fiesta. No tenía ni idea de por qué la había elegido a ella para bailar. No se lo había puesto fácil. Cuando él le olisqueó el cabello y la besó en el cuello, no le importaron sus motivos. No le importaba nada. El resto del mundo había desaparecido.

Capítulo 4

«RIESGO contra placer», pensó Callie, mirando a los ojos de Luca un instante. Incluso la mirada más breve provocaba que se le acelerara el corazón. Decidió que podía confiar en sí misma durante un baile, pero cuando Luca la agarró de la mano se estremeció. Y cuando le colocó la otra mano sobre la cintura, solo pudo pensar en sentirlo más cerca. Luchando contra el deseo, mantuvo una distancia sensata con él. Otras parejas les habían dejado un hueco, así que no había necesidad de pegarse a él como una lapa.

Callie se percató de que Luca era muy famoso. Todo el mundo los miraba y sonreía. De hecho, había cierto murmullo, así que pensó que quizá el príncipe estaba cerca. Miró a su alrededor y se dio cuenta de que no lo conocería si se encontrara con él. Era probable que todo el mundo pensara que era afortunada, pero ella no podía librarse de la sensación de que le faltaba algo. No tendría la oportunidad de lamentarse. Era más importante no perder la cordura. Bailar con Luca era un deporte de alto riesgo. Solo había una cosa más íntima que podían hacer estando tan cerca, y era hacer el amor...

¡Debía quitárselo de la cabeza inmediatamente! Bailaría una canción y se marcharía a casa. Separarse de Luca, antes de que terminara la música, sería de mala educación. Caer en la trampa de relajarse entre sus brazos era estúpido. Control era lo que necesitaba. Al menos de momento. Por otro lado, Callie se preguntaba por qué no podía continuar con aquella aventura. Ya no era Callie la que limpiaba suelos para ganarse la vida, sino Callie la recolectora de limones, y tenía un mundo lleno de aventuras en su interior.

Ella intentó relajarse. Luca tenía razón acerca de que bailar con él sería sencillo. Por algún motivo, sus pies sabían muy bien qué hacer. Su cuerpo se movía de manera instintiva. Podían haber estado solos en la pista de baile. Ella lo miró y él le sonrió. Era bueno. Muy bueno. Luca podía parecer un hombre brusco, pero cuando se trataba de seducir era muy delicado. Mientras ella fuera consciente, estaría bien.

Él debió de notar que ella temblaba de excitación. Su cuerpo estaba ardiendo de deseo. Su corazón golpeaba contra su pecho. Nunca había jugado a algo tan peligroso. Luca era tan viril que ella no podía pensar con claridad. Deseaba acariciarle el cabello y explorar su cuerpo. Sentir su barba incipiente contra la piel, y sus labios contra la boca. «Mientras me sujeta con sus grandes manos para darme placer...».

¡No! Tenía que marcharse.

Pero no lo hizo.

Entonces, otro *drone* sobrevoló la pista de baile.

—Solo están comprobando quién hay por aquí —le aseguró Luca al ver que miraba hacia arriba.

—Como si fuéramos tan importantes —contestó Callie—. Imagino que el príncipe debe estar cerca.

—Es una precaución que se toma cuando hay mucha gente —le explicó Luca.

A Callie le encantaba verlo sonreír.

—Has trabajado aquí antes, así que, estás acostumbrado —señaló—. Para mí todo es nuevo —«y maravilloso», pensó Callie mientras comenzaba la segunda canción y continuaban bailando.

–Háblame sobre tu casa, sobre dónde vives –le pidió Luca.

–Vengo de un pequeño pueblo al norte de Inglaterra.

–¿Y cómo es?

Él la tenía rodeada por la cintura y echó la cabeza hacia atrás para mirarla. Era justo lo que Callie necesitaba, el regreso a la realidad. Aunque, ¿cómo iba a explicarle a un hombre que vivía en uno de los países más bonitos del mundo que su vida no se parecía en nada a aquella? Eligió contar la verdad.

–Soy afortunada. Tengo muchos vecinos, un buen trabajo y amigos estupendos.

–¿Vives sola? –preguntó él.

Era difícil concentrarse estando tan cerca de Luca.

–Vivía con mi padre hasta hace poco. Murió poco antes de que yo viniera a Italia.

–Lo siento mucho.

–Lo mataron durante una pelea entre borrachos –explicó ella. Luca parecía verdaderamente preocupado y ella decidió contárselo. No pudo evitar que los ojos se le llenaran de lágrimas. Había sido una pérdida de vida–. El mundo continúa –dijo ella, tratando de que él no viera la confusión que expresaba su rostro. El sentimiento de culpa siempre se hacía presente cuando pensaba en su padre. Nunca había podido influir mucho sobre él, pero siempre había deseado poder haber cambiado su situación.

–¿Y ahora estás echándote a volar?

–Estoy probando cosas diferentes –confirmó ilusionada–. Me encanta este lugar. Me encanta el calor de la gente, el sol, y el glamur de celebrar una fiesta bajo las estrellas... ¿A quién no iba a gustarle estar en la finca del príncipe? Me siento libre por primera vez en mucho tiempo –admitió–. Lo siento, a veces mi boca va por libre.

–No. Continúa –la animó Luca–. Me interesa. Quiero saber más.

Ella tuvo cuidado para no incluir la palabra *aventura* en su relato. No quería que él se hiciera la idea equivocada. Le contó un poco más, y Luca la abrazó. Su calor era algo adictivo. Resultaba muy fácil hablar con él y, enseguida, ella se encontró contándole cosas que quizá no debía, como la camaradería que había en el *pub* donde trabajaba y que podía convertirse en violencia cuando la gente había bebido demasiado.

–Cielos, Callie, ¿y tu padre cómo te dejaba trabajar ahí?

Ella frunció el ceño.

–Nadie tenía que darme permiso, y era un trabajo bien pagado. No les quedaba más remedio que pagar bien, si querían que alguien trabajara ahí –se rio.

–Suena horrible –comentó Luca, sin encontrar nada divertido en sus palabras.

–Necesitábamos el dinero, y donde yo vivo no hay muchas opciones.

Callie recordó que Luca era una hombre italiano y pasional, y podía ser muy protector. Quizá pareciera duro como una roca, pero no era un bruto. «Tampoco es un santo», pensó al notar que colocaba su muslo entre sus piernas. Ella trató de hacer como si no pasara nada, pero fracasó. Al poco rato, estaba acurrucada contra él. Cuando la música empezó a sonar con un ritmo más animado, ella pensó que la iba a guiar fuera de la pista. Sin embargo, él la estrechó de nuevo contra su cuerpo.

–Eres buena bailando.

–Solo porque me guías y me levantas los pies del suelo –se rio. Después se fijó en lo que sentía estando tan cerca de él. Deseaba más. Mucho más.

Como si hubiese leído su pensamiento, Luca le susurró al oído.

–Estoy seguro de que ya has bailado bastante por ahora.

Callie lo miró a los ojos y descubrió que también se había hecho adicta al peligro. El *drone* aprovechó ese momento para sobrevolar la zona con la cámara.

–Si quieren vernos mejor, ¿por qué no bajan y nos lo dicen?

–Dudo que seamos el centro de atención.

–Cualquiera lo diría. ¿Crees que están tan interesados porque el príncipe está por aquí?

–Es posible –convino Luca.

–Yo no lo he visto todavía. ¿Y tú? Quiero decir, como has trabajado antes aquí, seguro que lo conoces.

–Me siento ofendido –dijo Luca, bromeado–. Solo quieres hablar del príncipe.

–Es para contar algo cuando vuelva a casa.

–¿Y yo?

–No busques cumplidos. No conseguirás que sea yo quien te los haga.

Él se rio y la levantó por los aires.

–Bájame inmediatamente.

–Ni lo sueñes –dijo él–. ¿No quieres saber a dónde te hará llegar esta aventura?

–Me hago una idea, y por eso espero que tengas la lengua bien guardadita. Para que lo sepas, esta noche dormiré sola –añadió, mientras Luca cruzaba el jardín con ella en brazos.

–*Brava* –dijo él.

La multitud se apartó para dejarlos pasar. Ella pensó que debía resistirse, pero era una noche mágica, y eso no sucedía muchas veces.

Todo su cuerpo reaccionó cuando él inclinó la cabeza para darle un beso en el cuello.

–Tengo que irme –insistió ella, cuando él la dejó en el suelo para saludar a unos invitados.

–No. Has de quedarte –le dijo al terminar, susurrándole al oído.

–¿Estás decidido a que vaya por el mal camino?

–¿Lo conseguiré? –antes de que ella pudiera contestar, la tomó en brazos y la llevó hacia los jardines del palacio.

Ella estaba peligrosamente excitada. Por una vez iba a ser Callie, la de los limoneros, sin temor, culpabilidad o nada de lo que había experimentado en el pasado.

–¿Dónde me llevas? –le preguntó, al ver que Luca abría una verja que llevaba hasta los limonares.

–Espera y verás.

Él no se detuvo hasta que llegaron a la orilla del río. Allí la dejó en el suelo. La miró y le preguntó:

–¿Qué te preocupa?

–No estoy preocupada –aparte de que sabía que no podría tener más noches como aquella. La luna iluminaba el lugar. El sonido del agua al pasar. La hierba mullida bajo sus pies, y el cielo estrellado sobre su cabeza. Era el lugar perfecto para la noche perfecta, y Luca era el hombre perfecto. Estiró el brazo y le dio la mano.

Luca la tranquilizó y la sedujo con sus besos, con sus caricias y con la expresión de sus ojos. Ella creía que estaban conectándose a un nivel mucho más profundo. Él conseguía que ella deseara conocerlo mejor, y que aquello durara un poco más. Sus manos hacían magia sobre su cuerpo. Su fuerza la seducía, su aroma... Todo él la seducía. Era un hombre de la tierra, de la gente, que trabajaba con su cuerpo, con su mente, y su buen humor. También mostraba lealtad hacia el príncipe, algo que le había demostrado al negarse a enseñarle quién era.

No podían dejar de acariciarse. Y ella no iba a mar-

charse a ningún sitio. Era una mujer con deseos y nece-
sidades, que no veía motivo para no satisfacerlos. No se
había preparado para aquello, pero había tomado las
precauciones habituales, confiando en que en un futuro
tendría vida amorosa. No había planeado nada, porque
confiar en un hombre era algo difícil para Callie, pero
Luca era diferente. Él hacía que se sintiera segura. Él
hacía que pensara que podía confiar en él.

Su boca era cálida y persuasiva. Callie se mostró
dubitativa al principio, pero enseguida lo besó también.
Él estaba más controlado. Ella no. Era nueva en aquello, y desconocía que el deseo podía consumirla de esa
manera.

—Te deseo —dijo ella, y lo miró a los ojos.

Él sabía que estaba sufriendo. Por supuesto que lo
sabía. Él era el responsable. Ella le acarició el torso por
encima de la camiseta y le dijo:

—Quítatela. Después, quítate el resto de la ropa.

Él la miró divertido.

—Tú primero —repuso—. O, al menos, hazlo a la vez
que yo.

Y así empezó el juego. Ya no podía detenerse. Sin
romper el contacto ocular, ella comenzó a desabro-
charse la blusa. Lo hizo despacio, y notó que el deseo
aumentaba entre ambos. Era su turno hacerlo esperar.
Callie se quitó la blusa y la dejó caer.

—Llevas sujetador.

—Diría que tú también llevas demasiada ropa —murmuró ella.

Él sonrió.

—Deberías haber puesto tus reglas antes de empezar
—bromeó ella—, porque ahora tendrás que quitarte las
sandalias también.

Sin dejar de mirarla, Luca se quitó las sandalias.
Ella susurró.

–Ahora los pantalones cortos.

–¿Estás segura?

–Completamente –mantendría la mirada a la altura de sus ojos.

–Quítate las zapatillas –sugirió el.

–Si eso es una estrategia para darme la oportunidad de que cambie de opinión, ahórratela. No lo haré.

–Me arriesgaré –Luca la miró un largo instante–. Cuando haya terminado, no tendrás ni una pizca de ropa –le prometió.

Ella se encogió de hombros, fingiendo indiferencia, pero tenía el corazón acelerado.

–¿Si prefieres no hacerlo?

–Oh, prefiero hacerlo –dijo, y la miró de forma que a Callie la invadió un intenso deseo.

Ella se quitó las deportivas, deseando haberse abrigado más para tener más prendas que quitarse. Luca tenía muchas probabilidades de ganar ese juego. ¿Qué opinaría un hombre experto como él cuando la viera desnuda? No obstante, era emocionante y divertido, y tal y como ella había soñado su aventura. Una aventura que no le contaría a los Brown.

Ella debería haberse imaginado que él iría sin ropa interior. Él se bajó la cremallera y se quitó los pantalones, quedándose delante de ella sin preocupación.

–Todavía te quedan varias cosas –comentó él.

Callie se esforzó por no bajar la mirada.

–Mis normas son... –se quedó boquiabierta cuando Luca la atrajo hacia sí.

–Tus normas no sirven para nada –le aseguró él con tono seductor mientras le olisqueaba el cuello.

–Oh... –ella no pudo evitar intentar restregar su cuerpo contra el de Luca para tener un contacto más íntimo con él, pero Luca la sujetó para mantenerla alejada.

–No tan deprisa –dijo él, mientras ella jadeaba–. Veo que tengo que dar un poco de formación.

–Por favor, –comentó ella.

–Bonito sujetador –comentó él mientras se lo quitaba.

Sin duda, iba a hacerse una idea equivocada. Ella había elegido esa prenda para Italia. Le había parecido una prenda frívola y divertida. Y sobre todo segura, ya que no había ningún hombre en la tienda mientras se lo compraba. El sujetador y el tanga también parecían inofensivos. Eran de una marca exclusiva, y estaban hechos para mostrar en lugar de para ser prácticos. La lencería de diseño de seda de color rosa y encaje de color aguamarina, no solía ser su elección. Ella solía usar ropa blanca de algodón. Podía imaginar lo que Luca estaba pensando.

–Eres preciosa –murmuró él.

–No, no lo soy.

–Supongo que solo hay una manera de convencerte –dijo él, riéndose

Luca la estrechó contra su cuerpo y la besó de manera apasionada, provocando que ella se sintiera contenta y triste, entusiasmada y confusa a la vez. Estaba feliz de estar allí con él, pero triste porque sabía que no podía durar. Él la excitaba. Su cuerpo deseaba más, y él lo sabía. Y a ella le daba miedo confundirse.

–Para –murmuró Luca contra su boca–. Para de pensar y permítete sentir por una vez. Sigue a tu instinto, Callie.

Su instinto le indicaba que se restregara contra él, que separara sus piernas y encontrara alivio para la frustración que le provocaba tanto deseo, lo más rápido posible. Deseaba que aquello sucediera, y que durara la conexión que había entre ellos, pero tenía que enfrentarse a la realidad. Luca era un trabajador itinerante igual que ella, así que ambos debían continuar su camino.

Él la besó de nuevo y la tumbó en el suelo. Después se colocó a su lado sobre la hierba y se aseguró de que el resto del mundo se desvaneciera a su alrededor. Era como si el tiempo se hubiera detenido. Se oía el agua del arroyo y la brisa movía las hojas sobre sus cabezas, pero estaban en otro mundo donde sus sentidos solo percibían el calor, y el aroma masculino del cuerpo de Luca. Tenía el torso salpicado con una fina capa de vello que le rozaba los pezones al moverse. Ella ardía de deseo, y solo sintió una pizca de aprensión cuando él sacó algo de su bolsillo y lo abrió. Ella se alegró de que él estuviera dispuesto a usar protección, porque no pensaba echarse atrás. No se arrepentía de nada.

Él inclinó la cabeza para besarla y ella arqueó las caderas instintivamente, respondiendo a las demandas de su cuerpo. Se agarró a sus hombros con fuerza, como si se estuviera hundiendo y Luca fuera una roca. Al ver que él se colocaba sobre ella, Callie suspiró. El peso de su cuerpo provocó que se asustara una pizca. Tuvo que recordar que aquello era lo que quería, y que nada iba a detenerla.

—Estoy aquí —la tranquilizó Luca, como si hubiese notado su nerviosismo.

—¿Crees que no lo sé? —bromeó ella.

—En serio. Deja de preocuparte. Nunca te haría daño.

Ella lo miró a los ojos y vio que era sincero. Era como si se hubieran abierto las puertas del deseo, pero se sentía insegura con respecto a Luca. Ella tenía experiencia limitada, pero aquella aventura quedaría grabada para siempre en su memoria.

Luca susurró contra su boca.

—Confía en mí, Callie —entonces, comenzó a acariciarla y Callie fue incapaz de pensar más.

—Oh... Es...

—¿Agradable? —sugirió él.

Como respuesta obtuvo una serie de gemido.

—Más que agradable.

—¿Más?

Le sujetó el trasero con sus grandes manos.

—¿Te gustaría que te acariciara ahí?

—Mucho —admitió ella.

Luca la acarició con un dedo y ella se estremeció de placer. Él sabía exactamente qué hacer. Continuó acariciándola rítmicamente, con la presión adecuada y la velocidad perfecta.

—¿Bien?

Ella no se atrevía a hablar por miedo a perder el control.

—¿Quieres que te haga llegar al orgasmo?

—No estoy segura.

—Sí, lo estás.

Callie lo miró a los ojos y supo que tenía razón.

Él la besó y continuó explorándola. Primero introdujo un dedo en su cuerpo, después dos y finalmente tres.

—Estás preparada —comentó él.

Ella se movió para tratar de calmar su deseo. No era algo tan inmediato ni placentero como cuando él le había acariciado el centro de su feminidad. Era una sensación diferente, pero muy intensa. Anhelaba sentirlo en su interior. La necesidad de sentirse unida a él era imperiosa.

Luca le separó las piernas y continuó acariciándola de diferentes maneras, hasta que estaba tan excitada que pudo adentrarse en el interior de su cuerpo. Después, se retiró un instante, provocándola.

—¡No pares! —exclamó ella con frustración.

Él ignoró su súplica y continuó jugueteando. Ardiente de deseo, ella le suplicó que continuara con palabras que jamás había empleado antes.

–¿Así? –sugirió Luca.

Ella se quedó boquiabierta cuando él la penetró del todo. Por un momento, ella no sabía si le gustaba o no. Él era muy delicado, pero la sensación era intensa y plena. No podía pensar, solo podía sentir.

–Sí –suspiró, moviéndose al ritmo de él.

Luca continuó moviéndose a un ritmo, tratando de llevarla al límite una y otra vez, pero asegurándose de que el placer continuaba durante el máximo tiempo posible. Ella pudo haber gritado. O pronunciado su nombre. Solo sabía que cuando por fin se tranquilizó, le dolía la garganta, y que, con un suspiro, se dejó caer sobre la hierba.

–Y solo acabamos de empezar –le prometió Luca.

Sin retirarse de su cuerpo, él comenzó a moverse de nuevo hasta que el deseo se apoderó de ella otra vez y le rodeó la cintura con las piernas para que la penetrara con fuerza. Callie comenzó a mover las caderas al mismo tiempo, mientras Luca la sujetaba para poder entrar en su cuerpo con decisión.

–Insaciable –comentó él.

–Tú haces que lo sea.

Luca seguía excitado y ella seguía ardiente de deseo. Se movió, y él la penetró de nuevo.

En su experiencia, Callie era única. Era como si hubieran sido amantes durante años, pero disfrutaran como si se estuvieran descubriendo por primera vez. Era algo especial, y lo había excitado como ninguna otra mujer. Él necesitaba dejar su huella en su cuerpo, su mente y su memoria. Le sujetó los brazos por encima de la cabeza y la penetró una vez más. Ella se arqueó contra su cuerpo de forma salvaje, tal y como había imaginado que haría cuando él la descubriera de verdad. Cuando se tranquilizaron de nuevo, ella se volvió hacia él y sonrió:

–Eres impresionante.

–Tú también –susurró él.

Capítulo 5

S E BAÑARON en el arroyo, sin que les importara la fresca temperatura del agua, y se secaron en la orilla, besándose y mirándose a los ojos. Luca parecía sorprendido cuando ella insistió en que se marcharía a casa en uno de los autobuses que habían contratado para los empleados, porque no estaba preparada para pasar la noche con él. Callie necesitaba aclararse y asimilar que, aunque aquella experiencia podía cambiarle la vida, no tenía futuro.

«Permite que suceda», pensó ella mientras Luca sonreía antes de besarla de nuevo. «Impide que algo lo estropee».

Seguía pensando lo mismo cuando se subió al autobús, pero cuando entró en el recibidor del hotel ya le había cambiado el humor, sobre todo porque el conserje la estaba esperando y parecía preocupado.

—Menos mal, *signorina* Smith. Ha llegado esto para usted.

Ella miró el sobre que él sostenía. Sin duda, era urgente. Lo abrió y comenzó a leer. Había habido una confusión respecto a su habitación en el hostal. Ella pensaba cambiarse de hotel al día siguiente, pero al parecer ya no quedaban habitaciones en el hostal. Arrugando la nota, frunció el ceño y se preguntó qué otra cosa podía hacer. No podía permitirse quedarse en el hotel.

—¿*Signorina* Smith? —el conserje se movía con nerviosismo.

–¿Sí?

–Perdone que me entrometa, pero veo que está preocupada. Por favor, no se preocupe. El gerente del establecimiento al que se iba a mudar ha dejado esa nota para usted. A nosotros nos informó del problema, y ya está todo organizado para que se quede aquí.

Callie se sonrojó.

–Me temo que no puedo permitirme quedarme aquí –admitió ella–. Aunque me encantaría –añadió–. Todo el mundo ha sido muy amable conmigo, pero necesito encontrar un lugar más barato. ¿Quizá pueda ayudarme?

–Por favor, *signorina* –suplicó el conserje–. No le cobrarán. La han decepcionado. Esto es un asunto de orgullo local. Sería una ofensa para el gerente de este hotel y para los empleados que nos preocupamos por usted, que se ofreciera a pagar.

–Y yo me sentiré ofendida si no me lo permite –dijo Callie–. De veras, no puedo quedarme si no pago.

–El coste de tu habitación ya está asumido.

Ella se volvió sorprendida.

–¡Luca! ¿Me estás siguiendo?

–Sí –admitió él.

–¿Qué sabes acerca de todo esto? –le preguntó.

Luca, aunque estaba muy atractivo, no podía destacar más en aquel hotel y con aquella ropa. Ella sonrió al ver su propia ropa. Parecían lo que eran, trabajadores del campo. Y ese era otro motivo por el que debía mudarse a otro lugar más sencillo. No era que a su cuerpo le importara qué ropa llevara Luca. De todos modos, era como si estuviera desnudo.

Cuando se miraron, una mezcla de sentimientos la invadieron por dentro.

–¿Eres responsable de todo esto? –le mostró la nota. De reojo, vio que el conserje volvía a su sitio, más nervioso que nunca. Algo sucedía. Luca conocía a Marco. ¿Lo habrían organizado para que ella tuviera que quedarse con Luca? Se negaba a que la manipularan.

–No he podido evitar oír que estás teniendo problemas.

Callie se mordió la lengua y decidió esperar a ver qué más decía. Cuando él se encogió de hombros y sonrió, ella comentó:

–¿Imagino que tú no tienes nada que ver sobre ese misterioso benefactor, o con el hecho de que el hotel se niegue a cobrarme?

El arqueó una ceja.

–¿Te gusta este lugar?

–Eso no es lo importante –insistió ella.

–Lo único que me importa es que tengas un lugar cómodo para quedarte –insistió él.

–Gracias, pero soy muy capaz de solucionar mis problemas.

–En el hostal donde ibas a hospedarte se ha roto una tubería –le explicó Luca, y el conserje asintió enseguida–. Marco me avisó, y el conserje solo trataba de ayudar.

–¿Y Marco cómo sabía que pensaba mudarme al hostal? –preguntó ella.

–Lo siento, Callie, pero no se puede vivir en un pueblo como este y no saber lo que sucede.

–¿Te lo ha dicho Marco?

–Quédate en el hotel –le ofreció Luca, como si fuera el dueño del edificio–. Estarás más cerca de los limoneros –la miró–. Si es que piensas continuar trabajando en la finca del príncipe.

–Por supuesto que sí –confirmó Callie. Le encantaba el lugar y no estaba dispuesta a marcharse todavía.

–Entonces, vuelve conmigo.

Luca estaba esperando en el recibidor, como si ya

hubieran hecho un trato. ¿Se refería a que volviera a la fiesta con él? ¿O tenía otra cosa en mente? Tenía el hotel pagado hasta el día siguiente, y podía esperar para recoger sus cosas. Entretanto... ¡Le esperaba la aventura!

¿Por qué no? Luca era muy masculino y viril, y podía ofrecerle la aventura con la que siempre había soñado.

—Gracias por tu preocupación —dijo ella, consciente de que necesitaba pensar más que nunca—. Y, gracias —le dijo al conserje antes de salir.

Callie lo evitó al día siguiente. Luca se sintió dolido. Sin embargo, a la hora de comer todos se reunieron en el comedor. Ella estaba allí, y él la saludó mientras esperaban en fila.

—Luca.

Ella lo saludó con frialdad, y él pensó que no había agradecido que interviniera en el asunto del hotel. Estaba acalorado después de trabajar en el campo, y ardiente de deseo por Callie, quien había pasado la mañana en una nave con aire acondicionado. Ella vestía un pantalón corto que dejaba sus piernas al descubierto y que redondeaba el trasero que él había acariciado la noche anterior. Era justo lo que necesitaba antes del turno de tarde.

—Disculpa, por favor —dijo ella, esperando con la bandeja llena a que la dejara pasar.

Luca deseó acariciarle el cabello y volverla loca de pasión. Ella se fijó en el pañuelo que se había puesto en la cabeza para controlar su cabello alborotado y en la camiseta ceñida que llevaba. No se atrevió a mirar más abajo. Él se ocupó de su bandeja y ella se fijó en sus manos y en las pulseras que llevaba en la muñeca. Eran de cuero con piedras semipreciosas y se las habían regalado los niños de Fabrizio para que los recordara mientras estaba fuera.

—Yo puedo, gracias —dijo ella, tratando de quitarle la bandeja.

—Estoy seguro de que puedes —convino él—, pero a veces es bueno dejar que te ayuden.

Ella frunció el ceño, como si hubiera oído eso antes.

—¿Te vas a quedar en el hotel o has encontrado otro sitio? —preguntó él, mientras le llevaba la bandeja a la mesa donde la esperaba Anita.

—¿Para eso estás aquí? ¿Para interrogarme? —le recriminó Callie mirándolo fijamente.

Por un momento, él no sabía si ignorar su pregunta agarrar a Callie y cargarla sobre su hombro como si fuera un cavernícola. Solo sabía una cosa. La tensión que había entre ellos era insoportable.

—Te veré más tarde —dijo él, y se volvió para marcharse.

—No si te veo yo primero —bromeó ella.

Un poco de frustración les venía bien a los dos. Luca ignoró los murmullos de la gente, saludó a los cocineros y se marchó del comedor.

¡Hombre irritante! ¿Cómo era posible sentirse tan excitada y, sin embargo, controlarse para no saltar sobre Luca y poseerlo delante de todo el mundo? Era probable que fuera eso lo que él quería que sintiera. Había habido mucha tensión en el comedor, y empeoró cuando la gente se esforzó para no mirarlos. Ella había intentado entablar una conversación con Anita, pero no podía concentrarse y mantener el tren de su pensamiento.

—Si sigues mi consejo, lo superarás —le aconsejó Anita, mirándola con preocupación.

—¿Superaré el qué? —preguntó Callie, frunciendo el ceño.

—Sexo. Necesitas saciarte.

—¿Disculpa?

—¡Venga! No serás buena con nadie, y menos contigo misma, hasta que lo hagas.

—Anita, ¡estoy impresionada!

—No, estás frustrada. Nadie va a pensar mal de ti si te lo permites —miró en la dirección en la que Luca se había marchdo.

—Esto no es un parque de juego para adultos. Es un trabajo.

—Escúchate —protestó Anita antes de dar un bocado—. Toma precauciones y no permitas que se involucre el corazón. Has venido en busca de aventura, ¿no es así?

«Quizá es demasiado tarde para hacer lo que dice Anita», pensó Callie al salir del comedor. Su corazón ya se había involucrado. No podía pasar ni un minuto sin preguntarse si volvería a ver a Luca pronto.

Se dirigió a la nave donde había trabajado por la mañana y vio que Luca se acercaba a ella.

—¿Te enseño un atajo? —le ofreció él.

«¿Un atajo hacia dónde?», se preguntó ella, mientras él sonreía y le agarraba la mano.

Luca no podía pasarse la tarde sin Callie. Sin apoyarla contra un árbol y besarla como si fueran la última pareja de la tierra y el tiempo pasara muy deprisa.

—Luca... No podemos...

—Sí, podemos —insistió él. Estrechándola contra su cuerpo y acariciándola, hasta que ella comenzó a gemir de frustración.

—Te deseo —dijo ella.

—Lo sé —susurró él.

Él le acarició la entrepierna por encima de los pantalones y notó su calor. No podía esperar más. Y ella tampoco. Luca comenzó a retirarle los pantalones a Callie y ella lo ayudó. No había tiempo para besarse, acariciarse o prepararse, solo para aquello. Él se desnudó también y la poseyó. Ella llegó al clímax enseguida, echó la cabeza hacia atrás y gimió de placer. Cuando él sintió que se relajaba, la penetró de nuevo.

–¡Sí! –exclamó ella–. Más –suplicó, mirándolo a los ojos con exigencia.

–Puedes tener todo lo que quieras –le prometió–, pero ahora no. Tenemos que volver al trabajo.

–Bromeas –dijo ella–. ¿Cómo voy a volver al trabajo después de esto?

–¿Esa disciplina de la que hablamos?

–De la que hablaste, tú.

Él terminó la conversación penetrándola de nuevo varias veces hasta que gritó de placer y ambos llegaron al orgasmo.

–Tienes razón –aceptó ella cuando se relajó–. Si no regreso les faltará un miembro en el equipo, y no puedo dejarlos en la estacada.

Él podría haberlo solucionado, pero no quería aprovecharse de su posición, así que, se rio y la dejó en el suelo. Ambos estaban unidos por el deber. Luca agarró el teléfono para ver la hora y se percató de que tenía varias llamadas perdidas.

–Lo siento, tengo que ocuparme de esto –le explicó, antes de alejarse un poco. Mientras devolvía la llamada, terminó de vestirse y, después de hacer varias preguntas y colgar, le dijo a Callie–: Lo siento de veras, pero me necesitan en un sitio.

–¿Tu turno de tarde? –preguntó ella, frunciendo el ceño.

–Algo así, pero tengo que salir de la finca.

–¿Hay algo que pueda hacer para ayudarte? –preguntó al notar que estaba tenso.

–Nada –dijo con tono brusco. No tenía tiempo de dar explicaciones.

Callie se sintió dolida. Se negaba a mirarlo a los ojos. Su respuesta la había desconcertado. Y no era de extrañar, porque momentos antes habían hecho el amor contra un árbol y, de pronto, él no podía esperar para marcharse. No podía evitarlo. Volvería a verla después, si regresaba, o cuando regresara.

Callie no tenía mucha experiencia en aventuras amorosas, pero sí sabía que el comportamiento de Luca era inaceptable. Iba a marcharse de forma repentina y eso demostraba que no conocía bien al hombre con el que estaba. No lo conocía para nada. De pronto, experimentó un sentimiento de vergüenza y humillación, al verlo caminar de un lado a otro con impaciencia, mientras ella trataba de vestirse deprisa. Para Luca, solo había sido sexo, una necesidad básica como comer o respirar. Una vez disfrutado, no podía esperar para marcharse.

«Qué tonta soy», pensó Callie, mientras se subía la cremallera. Incluso su cuerpo se reía de ella. Seguía sensible y excitado, a pesar de que su mente estaba agitada y ella no podía dejar de mirar a Luca. El hombre que parecía que se había olvidado que ella existía. Ella se había dejado llevar por la fantasía, pero para Luca no eran más que dos adultos que querían disfrutar del sexo. Una vez que habían terminado, no quedaba nada. Ni siquiera podía estar enfadada con él. Solo estaba asombrada de cómo había pasado de sentirlo tan cerca, a sentirlo tan lejos.

Callie lo miró, y él la miró a ella, pero solo para ver

si estaba avanzando. Ya no habría más bromas, ni más conversación. Alisándose el cabello lo mejor posible, Callie miró la hora en su teléfono y puso una mueca. Llegaba arde al turno de tarde y tenía que darse una ducha antes de ir a trabajar.

Al oírla suspirar, Luca comentó:

—Hay baños cerca del edificio donde estás trabajando. Allí encontrarás todo lo que necesites. Toallas, champú...

Callie se preguntó si Luca hacía aquello de forma habitual.

—Gracias —le dijo. ¿Y por qué no iba a hacerlo? Al fin y al cabo, iba allí cada año. Seguro que ella no era la primera mujer que se había dejado cautivar por su encanto. Al imaginarlo con otra mujer, se sonrojó. Ella había pensado que era una relación especial, pero eso demostraba lo poquito que sabía de los hombres. No podía comprender por qué tenía tanta prisa, pero ¿no podían separarse con un poco de dignidad?

—¿Entonces, ya está? —dijo ella, mientras se recolocaba la camiseta.

—¿Debería haber algo más? —preguntó él.

Su respuesta fue como una bofetada. Y sirvió para que Callie regresara a la realidad. Él tenía razón. ¿Qué más podía haber?

Callie estaba enfadada, pero él no podía confiarle los secretos de Estado. Ella era capaz de controlarse, pero la tensión de su mandíbula y el brillo de su mirada la delataban. Él no podía hacer nada. La noticia de que Max podía intentar un golpe de Estado solo debía saberla él. En cuanto vio que Callie estaba preparada, se puso en marcha. Sacó el teléfono de nuevo y llamó a sus asistentes para que preparan el helicóptero. Tenía que llegar a Fabrizio cuanto antes. Solo tendría tiempo para ducharse y cambiarse antes de que llegaran a reco-

gerlo. Max y sus amigos habían estado provocando problemas otra vez y, aunque ya los habían controlado, la
gente de Fabrizio necesitaba la presencia del príncipe

—¿Ni siquiera vas a esperarme? —le gritó Callie.

Él se volvió, se encogió de hombros con impaciencia y continuó caminando. Ella ya no era su prioridad.
Por mucho que deseara que lo fuera, no podía antepo-
ner el placer a su deber.

—¿Qué te pasa? —preguntó Anita cuando se encontró
con Callie fuera de las duchas—. ¿Hay un hombre en
particular?

—Te lo contaré más tarde —le dijo Callie para no de-
cepcionarla, antes de marcharse para trabajar en el
turno de tarde.

—Saluda al príncipe ante de marcharte —dijo Anita.

Callie se paró y se volvió.

—¿Dónde está?

Cubriéndose los ojos del sol, Anita miró hacia un
helicóptero grande de color azul.

—Al parecer lo han llamado para que regrese a Fabrizio para intervenir en una emergencia —le explicó Anita,
mientras ambas miraban cómo despegaba—. No te preocupes. Ya no habrá emergencia cuando Luca llegue allí.

—¿Disculpa? —Callie se quedó paralizada.

—La voluntad del príncipe Luca es mucho más fuerte
que cualquier ejército que su hermano Max pueda con-
vocar, y su pueblo lo adora —le explicó Anita—. La gente
no confía en Max. He leído en la prensa que el príncipe
Luca pretende comprar a Max. Su hermano haría cualquier cosa por dinero —le explicó Anita—, y eso incluye
renunciar a reclamar el trono. Max necesita el dinero de
Luca para pagar las deudas que ha adquirido debido al
juego. Si gobernara el país, acabaría arruinándolo. El

difunto príncipe, su padre, lo sabía. Por eso nombró heredero al príncipe Luca... ¿Callie? ¿Estás bien?

–¿Por qué no me dijiste que Luca es el príncipe? –Callie miró a su amiga con incredulidad, pero ¿cómo podía enfadarse con Anita?

–Lo siento –dijo Anita, dándole un gran abrazo–. Pensé que lo sabías. Pensé que, igual que el resto, eras discreta y por eso no hablabas de él. Todos sabemos que eso es lo que el príncipe Luca prefiere. Si lo hubiera sabido...

–No es culpa tuya –insistió Callie–. Es culpa mía. Yo solo veía lo que quería ver –se fijó en que el helicóptero se ocultaba tras una nube. Luca no le había dicho nada, y mucho menos que él era el príncipe. ¡Qué tonta había sido! ¿Cómo no se había dado cuenta? En ese momento todo le parecía muy evidente. No podía culpar a Luca. ¿Se suponía que tenía que actuar como el príncipe azul de los cuentos? Al fin y al cabo, ella tampoco lo había rechazado.

–¿Por qué te ríes? –preguntó Anita.

Callie estaba pensando que Luca no tenía que disculparse por sus actos. Simplemente había llamado a un helicóptero y se había marchado a solucionar una situación complicada.

–Pensaba que era uno de nosotros –admitió Callie.

–Es uno de nosotros –confirmó su amiga.

Callie sonrió, consciente de que no tenía sentido discutir con Anita. Le resultaba mucho más sencillo pensar en Luca como un trabajador que como un príncipe, pero el hecho de no haberse dado cuenta por estar tan centrada en su aventura, le molestaba.

–El levantamiento de Max terminó antes de que empezara –le explicó Anita, agarrando a Callie del brazo–. No puedes culpar a Luca por cumplir con la promesa que le hizo a su padre, el príncipe difunto. Luca ha venido durante años para trabajar junto a los recolectores, pero lo que más le importa es la promesa que hizo de mantener su país a salvo, así que todos comprendemos por qué ha tenido que marcharse a Fabrizio.

Todos menos Callie, que seguía preguntándose por qué Luca no le había contado su verdadera identidad. Quizá había muchas personas que solo querían acercarse a él por los beneficios que podían obtener, y al parecer, Max era uno de ellos. Si ese era el motivo, ella podía perdonarlo. Más o menos, porque Luca pretendía que ella confiara en él, pero era evidente que él no confiaba en ella.

¿Y ella siempre era sincera?

Al llegar a Italia le había escrito un mensaje a Rosie diciéndole que todo iba bien. Le había explicado que iba a quedarse más tiempo porque quería aprender más sobre Italia, y que para eso había solicitado un trabajo a media jornada. Desde luego, no había imaginado que durante ese tiempo se le partiría el corazón.

—Pronto me marcharé —murmuró pensativa.

—¿De veras? Oh, no. No te vayas. ¿Por algo que yo he dicho? No quería cotillear —le aseguró Anita—. Y lo comprenderé si no quieres decirme por qué vas a marcharte.

Callie respondió dándole un abrazo.

—Tú no has hecho nada mal —le aseguró—. Si alguien tiene la culpa, soy yo. Podría haberle hecho más preguntas a Luca, pero elegí no hacerlo. No quería que influyera la realidad. Es mejor si regreso a casa, a la vida real. Aquí es muy fácil seguir soñando.

—¿No puedes quedarte un poco más? Ahora que empezamo a conocernos, te echaré de menos.

A Callie se le llenaron los ojos de lágrimas, y las dos mujeres se abrazaron otra vez.

—¿Vendrás a visitarme? —insistió Callie—. Yo tampoco quiero perder el contacto.

–Seguro que no lo perderemos –prometió Anita–. Mi casa está en un pueblo del norte, no muy lejos de tu zona, así que podremos quedar algún día.

–Ven para Navidad –le dijo Callie–. Por favor. Se lo preguntaré a Ma Brown. Cuantos más, mejor. Eso es lo que ella siempre dice. Prométemelo.

–¿Lo dices en serio? –Anita parecía preocupada y, al ver que Callie hablaba en serio, se le iluminó el rostro–. Normalmente paso la Navidad yo sola.

–Este año no –le prometió Callie, dándole otro abrazo–. Hablaré con Ma y Pa Brown en cuanto regrese y te mandaré los detalles.

–Eres una amiga de verdad, Callie.

–No te olvidaré –le prometió ella.

Después de contemplar los limoneros iluminados por el sol del atardecer, Callie apretó los dientes. Quizá volviera a ser Callie la del barrio cuando regresara a casa, pero en su corazón, siempre sería Callie la del limonar.

Capítulo 6

DÓNDE diablos está esa mujer? Alguien debe saberlo.

Los empleados lo miraban muy serios. Él estaba en el almacén donde se guardaban los limones. Nada más solucionar los problemas en Fabrizio, había regresado a la finca, confiando en que Callie estuviera trabajando allí. No se había dado cuenta de cómo la echaba de menos hasta que no la tenía cerca.

–¿Callie Smith? –preguntó él, irritado por el continuo silencio–. ¿Alguien sabe algo?

La gente se encogió de hombros. Nadie sabía dónde estaba. O no se lo decían. Luca miró a Anita y vio que miraba al techo. Él había regresado justo antes de que terminara la temporada y se marcharan los temporeros. La mayoría de los trabajadores ya se habían ido a casa, pero algunos se habían quedado para asegurarse de que todo estaba bien almacenado y en orden para la siguiente temporada. «¿Por qué iba a quedarse Callie, si he sido tan brusco con ella?».

Luca se dirigió hacia la puerta. Si había conseguido solucionar el levantamiento en Fabrizio, podría resolver el misterio de aquella mujer. Max había recibido una buena suma de dinero a cambio de que se mantuviera alejado de la vida de Luca y no regresara a Fabrizio jamás. Luca tenía dinero para comprar lo que quisiera, incluso la distancia de Max. Sin embargo, ¿podría comprar a Callie? Durante el poco tiempo que la había conocido, no solo había aprendido que Callie era irremplazable, sino que también era impredecible. Solucionar con dinero un problema como el de Max, funcionaba. Callie, probablemente se lo tirara a la cara.

A entrar en las oficinas de la finca, todo el mundo le prestó atención. Vestido con un traje oscuro, Luca parecía príncipe y millonario, y todo el mundo se había dado cuenta.

—Tranquilos, por favor. Estoy aquí para pediros ayuda.

Como siempre, su equipo hizo todo lo posible por ayudarlo. Le dieron la dirección de la casa de Callie que figuraba en el fichero. Ya solo le quedaba lidiar con ella, y dudaba de que ella estuviera tan dispuesta a escucharlo. Nunca se había sentido tan inseguro del resultado de uno de sus actos, pero con Callie no podía asegurar nada.

Tomó el helicóptero para llegar al aeropuerto, donde viajaría en avión hasta el norte de Inglaterra. Él mismo pilotaría un jet. La idea de ser pasajero no le gustaba. Necesitaba algo que hacer. Callie ocupaba cada espacio de su mente. No tenía tiempo que perder. Nunca dejaba lazos sueltos ni asuntos pendientes.

¿Podían haber pasado dos meses desde que conoció a Luca por primera vez? Había llegado el momento de evaluar su vida. No tardaría mucho. Estaba viviendo en una habitación helada, encima de la tienda donde trabajaba seis días a la semana para pagarse los estudios. También había decidido continuar aprendiendo italiano. El amor que sentía por aquel país no había terminado y resultaba que se le daban bien los idiomas. Se había mudado a otra ciudad porque no tenía una casa a la que regresar. La casa que estaba junto a la de los

Brown había cambiado de inquilinos y, aunque los Brown le habían suplicado que se quedara con ellos, Callie había insistido en que ya habían hecho demasiado por ella y que prefería vivir sola.

—Ojalá os hubiera podido contar cosas más emocionantes de mi aventura —les había dicho.

—Ya es bastante —dijo Rosie, a quien se le iluminaban los ojos cada vez que Callie hablaba del príncipe.

Callie no le había contado a nadie el tiempo que había pasado entre los brazos del príncipe, y había evitado contestar las preguntas de Rosie diciéndole que al quedarse en un hotel de cinco estrellas no podía conocer la verdadera Italia.

—El hotel era estupendo, pero insulso.

—¿Al contrario que los italianos? —continuó Rosie, buscando información.

—Así que busqué un trabajo con la gente —continuó, tratando de desviar el tema.

—Eres muy dura contigo misma —le había dicho Pa Brown cuando Callie le explicó que, sin la ayuda de la camarera del hotel, se habría quedado sin conocer los limonares que tanto le habían gustado—. Querías salir y trabajar. Pediste ayuda para encontrar algo. No hay nada de malo en ello. Todos necesitamos ayuda a veces.

Las palabras de Pa Brown resonaban en su cabeza. Él tenía razón. En su situación, tendría que pedir ayuda tarde o temprano.

Sí. Igual que miles de mujeres que se encontraban en aquella situación, sobreviviría. Aunque había veces que deseaba haber aceptado ver a Luca cuando él voló a Inglaterra para arreglar las cosas entre ellos.

—¿Y por qué no quieres verlo? —le había preguntado Rosie con incredulidad—. Es un hombre increíble que se preocupa por ti. Debe hacerlo, porque lo ha dejado todo para venir a buscarte. Y es un príncipe, Cal —había añadido Rosie–, además de uno de los hombres más ricos del mundo.

Callie recordaba que no había hecho ningún comentario al respecto. Simplemente, había negado con la cabeza. El dinero no significaba nada para ella, y tampoco el título de Luca. No podía arriesgarse a que se le partiera el corazón otra vez, y lo que sentía por Luca era tan intenso que la asustaba. No obstante, Rosie la conocía muy bien. Al ver que Callie no pensaba cambiar de opinión, la había rodeado con el brazo y le había dicho:

–Sé que lo quieres –había insistido Rosie–. Y algún día, te darás cuenta tú también. Espero que no sea demasiado tarde.

Por supuesto, la cosa no había terminado ahí. Luca no era el tipo de hombre que aceptaba un no por respuesta. Él la había llamado varias veces, le había enviado flores, regalos, notas, pasteles y exquisiteces de una tienda famosa de Londres. Incluso había enviado a Michel, un hombre de Estado, para resolver su caso. Callie se había sentido muy mal por el hombre, pero Ma Brown había invitado a Michel a una típica cena inglesa antes de decirle que, por el momento, su príncipe no tenía posibilidades para hacer que Callie cambiara de opinión.

–No deberías haberle dado esperanzas –le había dicho Callie–. No quiero ser la amante de nadie, y Luca es un príncipe. No creo que vaya a tomarse el asunto tal y como yo...

–Lo que tú quieres es que te quieran y te respeten –había intervenido Pa Brown.

Y cuando Ma Brown suspiró, Callie supo que había llegado el momento de continuar. Su relación con Luca había empezado a afectar a los Brown, así que, les contó lo que iba a hacer y recogió sus cosas. Y allí estaba, tres meses después, en Blackpool, la joya de la costa de Fylde. Era cerca de Navidad y hacía mucho frío, pero había algo en aquel lugar que encajaba con el humor de Callie. «Y todo está iluminado», sonrió Callie al mirar por la ventana hacia el paseo marítimo. Se suponía que había la mejor iluminación navideña del mundo, con un millón de bombillas que atraían a miles de turistas.

Lo más irónico de todo era que, desde que estaba allí, Luca no paraba de salir en la prensa. Ella no podía creer que hubiera pasado tanto tiempo en la ignorancia cuando su rostro aparecía continuamente en revistas y periódicos. Incluso cuando iba a la peluquería, no podía escapar de él. Había leído todos los artículos y se había enterado de que Luca había ganado su posición en Fabrizio gracias a su coraje y carácter decidido. Por eso, y por el amor de su padre adoptivo que siempre confió en *el niño de los barrios pobres de Roma*, tal y como se referían a él en los titulares.

Callie se había convertido en una experta en prensa y podía recitar algunos artículos de memoria. Luca, que también era un magnate de los negocios, era también muy respetado en ese círculo. Además, como benefactor de causas nobles, acababa de terminar una visita por los orfanatos que él financiaba alrededor de todo el mundo.

Sus fotos eran cautivadoras. Luca aparecía relajado y muy atractivo con sus vaqueros ajustados. En otra aparecía montando un semental negro, como si fuera el rey del mundo. El nuevo gobernador de Fabrizio aparecía continuamente en las noticias mundiales, y eso hacía que a Callie le pareciera mucho más distante e inalcanzable. En la prensa recalcaban continuamente que estaba soltero, y que parecía que Luca no tenía intención de cambiar su estado pronto. En casa de los Brown recibían flores continuamente, lo que indicaba que él no había dejado abandonado la búsqueda de su amante.

La noche anterior, Rosie le había informado a Callie que seguían llegando flores para ella, junto a cartas escritas a mano que llevaban el sello real y que Rosie insistía en guardar.

—Algún día querrás verlas —le dijo, sin percatarse de que Callie las había abierto con vapor y las había leído enteras.

Nunca había encajado en la vida de Luca, por mucho afecto y humor que él reflejara en sus cartas. No obstante, había otros motivos. Su madre había muerto creyendo las mentiras de su padre, y Callie había pasado escuchándolas gran parte de su vida.

—Mañana será mejor —le prometía el padre de Callie cada día, pero nunca era así. Él siempre se gastaba el dinero jugando, o bebiendo, y Callie tenía que seguir trabajando en el pub. ¿Quería estar con un hombre que la mentía? ¿Aunque Luca hubiera omitido contarle que era un príncipe para ponerla a prueba? Callie tenía que reconocer que cada vez que veía una foto de Luca, deseaba estar con él.

—El truco está en saber decir gracias y continuar con tus cosas —le había dicho Pa Brown en su última conversación telefónica, cuando Callie le preguntó qué debía hacer con las flores—. Puedes enviarnos una nota de agradecimiento y se la haremos llegar. No te preocupes, Callie, Ma Brown lo está disfrutando. Se siente como *lady* Bountiful, repartiendo flores entre el vecindario. Puedes darle las gracias al príncipe Luca cuando lo veas en persona. Yo lo haré, sin duda.

«No volveremos a verlo», pensó Callie, pero no se atrevió a decirlo.

—Deja de regañarte —añadió Pa Brown antes de terminar la conversación—. Fuiste a trabajar a los limoneros, que era lo que soñabas. Convertiste tu sueño en realidad, que ya es más de lo que solemos hacer.

«Podía haber tratado de permanecer en el mundo real, al conocer a Luca», pensó Callie. No lo había hecho. Se había dejado llevar por la fantasía de tener una aventura durante las vacaciones. Y en esos momentos tenía cosas más importantes que hacer. Metió la mano en el bolso y sacó la bolsa de la farmacia. No podía seguir retrasando la prueba. Aunque solía tener el período irregular, esa vez llevaba mucho retraso. Tenía que salir de dudas. Ma Brown le había contado que estar embarazada era algo extraño. Podía suceder que un médico apenas pudiera detectarlo, pero una madre lo sabía enseguida. Durante un par de semanas, Callie había tratado de convencerse de que eran historias de viejas, pero ya no podía seguir engañándose. Quizá no fuera madre, pero sentía que en el interior de su cuerpo había una vida delicada a la que tenía que proteger. Solo había una manera de saber si era verdad.

Callie miro la línea azul sin pestañear. De pronto, experimentó una euforia desconocida y cerró los ojos para saborearla antes de volver a la realidad. Al abrirlos, su mayor temor fue que el resultado del test estuviera equivocado. Seguro que había un porcentaje de error.

Se inclinó hacia delante y subió el termostato de la calefacción. Después, se puso la colcha que cubría el sofá por los hombros. Estaba temblando y tenía las manos heladas. No podía creer que la semana siguiente ya sería diciembre. ¿Cómo había pasado el tiempo tan deprisa? Le daba la sensación de que minutos antes había estado tomando el sol en Italia. Y ya habían pasado tres meses. Tres meses importantísimos en su vida. Sin duda, tenía que ver a Luca cuanto antes.

Él sabía que Callie estaba embarazada desde que la había seguido a Inglaterra. Había estado muy ocupado con la coronación y todavía faltaba la fiesta de celebración con todos los ciudadanos de Fabrizio. A él le encantaba estar entre su gente, pero había llegado el momento de concentrarse en Callie. Eran parecidos en muchos aspectos, así que tenía que tener cuidado para que ella no se retirara más que nunca. Además, sabía que, al estar embarazada, la mujer de la que no conseguía olvidarse, tendría más carácter que nunca. «Otra vez en la brecha», pensó mientras despegaba el jet privado, pilotado por Su Alteza Real Luca Fabrizio, el hombre más frustrado y decidido de la tierra.

Blackpool Illuminations requiere guías turísticos. Callie leyó el titular con atención. Pronto necesitaría más dinero. Su cuenta estaba al mínimo y cuando llegara el bebé... De pronto, supo que Luca debería formar parte de todo aquello. Cuanto antes se lo dijera, mejor, pero Luca debía comprender que ella no quería nada de él.

«El bebé necesitará cosas».

«Y quizá necesite al padre que yo nunca llegué a tener en realidad», pensó Callie, frunciendo el ceño. ¿Y qué significaba eso? ¿Luca sería un buen padre? El instinto le decía que sí, pero ¿controlaría cada uno de sus movimientos? ¿Qué significaría para un niño la falta de libertad que conllevaba pertenecer a la realeza? Ella se abrazó el vientre.

No podía permitirse estar asustada por nada. Agarró el abrigo y la bufanda y se los puso. Dejó la colcha sobre el sofá y salió por la puerta. El bebé era prioritario a todo lo demás. Tenía que ganar dinero, ahorrar un poco para poder mudarse a un sitio más grande y comprar ropa y cosas para el bebé.

En lugar de bajar por las escaleras corriendo como solía hacer, bajó tranquilamente, pensando en el bebé.

De una cosa estaba segura. No la separarían de su hijo. Luca tenía que saber que estaban esperando un bebé, pero ella nunca permitiría que se lo quitara. Callie criaría a su hijo con mucho afecto y valores. Los Brown la ayudarían. Quizá tendría que mudarse a su barrio otra vez, pero todavía tenía tiempo de salir a buscar trabajo.

¿Y Luca?

Como hombre italiano que era, querría formar parte de aquello. También querría formar una dinastía, y para eso necesitaba a una princesa, y no a Callie la del barrio.

Callie saludó a la propietaria de la tienda que le había alquilado el piso y se detuvo para ayudarla a colocar un espumillón.

–Gracias, cariño –dijo la mujer antes de darle un abrazo–. Estás radiante. Tienes muy buen aspecto. ¡No vayas a enfriarte ahí fuera!

–No lo haré –le contestó Callie mientras se alejaba por la calle.

Él vio el coche que se acercaba desde el final de la calle a gran velocidad y al que perseguía un coche de policía con las sirenas puestas.

–¡No!

No estaba seguro de si había gritado o solo lo había pensado, pero sí sabía que había corrido a toda la velocidad para apartar a los peatones a un lado.

La mayoría de la gente no se había percatado de que había un problema. Callie era una de ellas. Seguía caminando por la calle, sin percatarse del peligro. Lanzándose sobre ella, la echó al suelo. Se oyó un golpe y un frenazo, y durante un momento, todo se volvió negro. Entonces, la mujer que tenía entre sus brazos, y a la que había protegido con su cuerpo para que no golpeara contra el suelo, intentó liberarse.

–¿Estás bien? –preguntó ella, incorporándose para mirarlo–. ¿Luca?

Él tragó saliva y preguntó.

–¿Estás herida?

–No –ella dudó un instante–. Al menos, creo que no.

De pronto, palideció. Él imaginó lo que estaba pensando. ¿Estaría bien el bebé? Ella cerró los ojos un instante y cuando los volvió abrir comentó:

–Me has salvado.

–¡*Grazie Dio!* –murmuró él.

Callie lo miró fijamente. Luca había regresado. El hombre que ella creía conocer y que se había convertido en alguien completamente distinto. Ella había coqueteado y se había acostado con un recolector de limones y que había resultado ser un príncipe millonario.

Él siguió la mirada de Callie cuando ella se volvió para ver si había alguien más herido. Las huellas del vehículo habían quedado marcadas sobre el bordillo y varias personas se abrazaban entre sí al comprender de lo afortunadas que habían sido. Por suerte, todas estaban ilesas. La gente llamaba por teléfono y la policía había detenido al joven que conducía el vehículo.

–Luca –Callie consiguió pronunciar su nombre–. No puedo creerlo. ¿Qué haces aquí?

Luca trató de concentrarse en lo más básico.

–Poco a poco –le aconsejó mientras ella trataba de sentarse–. Puede que te sientas un poco mareada. Ha sido un buen susto.

–Por decir algo –convino ella–. ¿Estás bien?

–No te preocupes por mí.

–Te has llevado un buen golpe.

Él no estaba interesado en nada más que en ella y se alegraba de haberla empujado a tiempo.

–Lo siento –ella comenzó a reírse con nerviosismo–, pero tenemos que dejar de encontrarnos así.

Él no podía estar más de acuerdo. Estaban tumbados en el suelo entre manchas de aceite. Al cabo de unos instantes, Callie se fijó en que el vehículo robado estaba empotrado en un escaparate y exclamó:

–¡Oh, no! ¡Mi casera! –trató de ponerse en pie.

–Deja que te ayude.

Ella lo empujó a un lado.

–Tengo que asegurarme de que está bien.

–Primero tienen que ver que tú estás bien.

–¿Qué haces aquí? –preguntó ella, mientras él se quitaba la chaqueta para echársela por los hombros.

–Estás en shock, Callie. Tienes que ir al hospital a que te hagan un reconocimiento.

–Estoy bien –insistió ella, tratando de quitarse la chaqueta.

–Estás temblando. Estás en shock –repitió él–. Y hasta que no te vean los médicos no voy a correr ningún riesgo.

–¿Prefieres morir congelado?

–No creo que sea para tanto. Me alegro de haber llegado en estos momentos. No he podido llegar antes.

–He oído que has estado ocupado –admitió ella.

Un enfermero los interrumpió.

–¿Estás bien, cariño? –le preguntó mientras extendía una manta térmica–. Permite que el caballero recupere su chaqueta o se pillará un buen catarro.

–He intentado devolvérsela –le explicó Callie–, pero no la quiere.

–Bueno, si no le importa que te la quedes –dijo el hombre, y la cubrió con la manta de todos modos–. No quedan muchos caballeros así –comentó–. Será mejor que a este no lo pierdas de vista.

Callie sonrió.

–¿Hay alguien más herido? –preguntó ella–. ¿La señora de la tienda?

–Acaba de irse a preparar un té –la tranquilizó el enfermero–. Estaba trabajando en el escaparate momentos antes de que se empotrara el coche.

–¡Qué alivio! –exclamó Callie–. Yo estaba con ella. Vivo encima de la tienda.

–Ha sido gracias a la rápida reacción de tu príncipe azul, que una madre y su bebé también se han salvado. Es un verdadero héroe, ¿verdad, señor?

–No diría lo mismo –Luca se había dejado llevar por el instinto. Ni siquiera había tenido tiempo de pensar. Había hecho lo que tenía que hacer. Eso era todo.

–Acepte los halagos cuando son de verdad. Es un héroe –le dijo el enfermero–. Ahora discúlpeme, señorita, pero hemos de llevarla al hospital para hacerle un reconocimiento. Si el caballero quiere venir...

–Él no quiere venir –dijo Callie, mirándolo fijamente–. Ya sabes dónde vivo, así que, hablaremos más tarde.

El enfermero la acompañó hasta una de las ambulancias y la ayudó a subir.

–¿Qué estás haciendo? –preguntó ella, al ver que Luca subía detrás.

–¿Recuperar mi chaqueta? –sugirió Luca.

El enfermero le guiñó un ojo, pero disimuló estar ocupado con el papeleo mientras se cerraba la puerta. Callie no quería que él la acompañara al hospital, pero puesto que ella había sido una de sus empleadas, tenía cierta obligación hacia ella. Y con un bebé en camino, la obligación era doble.

–La ha salvado –dijo el enfermero, mientras él se acomodaba.

Así no era como Luca había imaginado su encuentro con Callie. Solo deseaba que estuviera bien.

–¿Has estado espiándome? –preguntó Callie, tratando de que el enfermero no oyera su conversación.

Él se encogió de hombros. No iba a mentir.

–Mi única preocupación es tu bienestar y la de nuestro hijo –Luca nunca había visto a alguien tan pálido–. ¿Estás bien? ¿Sientes dolor? No estarás... –le preguntó.

–No. Al menos, no creo –lo miró con miedo y estiró la mano para agarrar la suya. Por primera vez, parecía vulnerable. Era una mujer muy diferente a la que había conocido en Italia–. No me mires así.

–¿Cómo?

–Como si fuera especial y te alegraras de estar a mi lado.

–Eres especial. Estás a punto de convertirte en la madre de mi hijo. Y si te miro, es porque estás muy sucia y necesitas un buen baño.

–Es encantador –intervino el enfermero–. ¿A qué escuela ha ido?

–No fui al colegio hasta que tenía diez años –admitió Luca–. Y después fue la escuela de los golpes.

–Eh, espere un momento –el hombre miró a Luca atentamente–. ¿No es usted el millonario que salió de las cloacas de Roma para convertirse en príncipe? –al ver que Luca no contestaba, añadió–. ¿Qué está haciendo en Blackpool?

Luca le guiñó un ojo a Callie.

–He venido a comprobar un nuevo modelo de cloacas.

–No te preocupes –le dijo el enfermero a Callie–. No diré nada a nadie. Y vas a estar bien, cariño. Nos ocuparemos de que sea así.

El ambiente se relajó una pizca y Callie no se resistió cuando Luca la rodeó con el brazo y la abrazó.

Capítulo 7

LUCA había regresado. Callie tenía el corazón acelerado y no podía pensar con claridad... ¿Vaya momento para regresar! «El mejor», admitió mientras la ambulancia se dirigía hacia el hospital.

–¿Estás bien? –al ver que no contestaba, Luca añadió con un susurro–. Mírame. Ahora estás a salvo.

Incluso con el cabello alborotado y algunos arañazos en el rostro, Luca parecía lo que era: un héroe, su héroe.

Al principio, cuando se conocieron, había sido deseo a primera vista, pero se había convertido en mucho más.

–¿Callie?

Ella lo miró a los ojos, cubriéndose el vientre con la mano.

–Hemos llegado al hospital –le explicó.

–Ah...

El enfermero se colocó a un lado mientras Luca la ayudaba a bajar de la ambulancia. Ella se abrigó con la manta al sentir el aire frío. La única parte del cuerpo que sentía caliente era la mano que Luca le agarraba.

–Quiero un reconocimiento exhaustivo –comentó Luca–. Cueste lo que cueste.

–Recibirá los mejores cuidados –le aseguró el médico–. Tendremos cuidado para que no se nos escape nada.

–Está embarazada.

Luca lo sabía todo. Era probable que tuviera un *drone* colocado sobre su casa, pero cuando se despidió del médico y se volvió hacia ella, Callie se sintió muy agradecida de que hubiera regresado a su lado.

Luca no estaba herido y sentía impaciencia por marcharse, pero primero tenía que asegurarse de que Callie estuviera bien. Esperaría lo que fuera necesario. Tenía la ropa llena de barro y los pantalones vaqueros rasgados. Las enfermeras querían curarle las heridas, pero él solo estaba preocupado por Callie. La esperó fuera de la sala de reconocimiento mientras le hacían varias pruebas. El resultado fue positivo. Los bebés estaban muy bien protegidos en el vientre materno y Callie solo tenía un esguince en el tobillo y magulladuras. Aparte del susto, estaba bien y podía irse a casa.

El equipo médico se había portado de maravilla y Luca mostró su agradecimiento con un generoso donativo.

–Ahora, a darte un baño –le dijo Luca a Callie, mientras la acompañaba fuera del hospital.

–¿Un baño? –lo miró sorprendida.

–Sí –le habían limpiado las heridas, pero seguía llena de barro. Y tenía un plan. La llevaría al aeropuerto y desde allí a su super yate, donde Callie podría descansar junto al mar. Dirigirse al sur, donde hacía sol, sería un buen remedio.

–Puedo darme un baño en casa –dijo ella– Déjame aquí. Tomaré un taxi. Gracias por todo lo que has hecho.

–No tomarás un taxi –le aseguró–. Puedes jugar todo lo que quieras, Callie Smith, pero las reglas han cambiado, ahora que estás embarazada.

–Hacían falta dos, para que me quedara embarazada –le recordó.

–Por eso te recomiendo que descanses.

Ella lo miró y sacó su teléfono.

–¿Qué haces?

–Llamar a mi casera para asegurarme de que está bien. Y después, a un taxi –tras unos minutos de conversación telefónica, continuó–. ¿Sabes qué? Resulta que un hada madrina desconocida ha agitado su varita y ha hecho que los cristaleros ya estén reparando el edificio donde está mi casa. ¿Supongo que tú no tienes nada que ver con eso?

–Un hada padrino, por favor.

Ella lo miró con una sonrisa.

–Respecto al taxi –dijo él.

–Por favor, Luca, respeta mi independencia.

–Lo haré –le aseguró él.

–Donde yo quiera ir, puede convertirse fácilmente en *donde tú quieras que vaya*, y necesito acostumbrarme primero al hecho de que has regresado

Él no tenía respuesta para eso. Ella tenía razón.

–¿Vas a vigilar cada uno de mis movimientos? –preguntó ella, con buen humor.

–Solo algunos.

–El taxi está de camino –dijo ella–. Dame la oportunidad de pensar un poco. Todo ha sido un shock. Y no me refiero solo al accidente. Descubrir tu verdadera identidad, y todos los meses que hemos estado separados. Los regalos que me has enviado. Las notas que me has escrito.

–¿Habría sido más fácil si no hubiera contactado contigo?

El brillo de su mirada indicaba que habría sido un infierno. Lo mismo pensaba él.

–Supe que teníamos que hablar en cuanto descubrí que iba a tener un hijo tuyo. No pensaba ocultártelo. Solo necesito tiempo para asimilar lo que ha sucedido hoy. Solo el hecho de que tu equipo de seguridad me haya estado vigilando es inquietante. Sé que eres príncipe, y que llevo a tu hijo en mi vientre, pero eso no te da derecho a que me tengas bajo vigilancia.

–Tu seguridad siempre será mi preocupación.

–Pero no dejes que se convierta en tu obsesión.

–Mi equipo de seguridad vigila a todas las personas con las que me veo. Me envían un informe, y yo no puedo evitar leer lo que pone.

–Lo comprendo –dijo ella, y te agradezco que hayas sido tan sincero conmigo. Y sobre todo por haberme salvado la vida.

–No quiero tu agradecimiento. Quiero tu tiempo –tenía motivos para estar impaciente. El consejo real lo presionaba para que encontrara una esposa. El país estaba esperando. Necesitaba un heredero, y el embarazo de Callie había provocado que empezara la cuenta atrás. Luca necesitaba aclarar la situación cuanto antes.

–Me dejaste sin darme una explicación, Luca, y ahora que has vuelto ¿se supone que tengo que hacerte caso?

–Nunca te engañé.

–Tampoco me dijiste que eras príncipe –señaló Callie–. Me hiciste creer que estábamos al mismo nivel.

–Y lo estamos –insistió él.

Ella se rio y negó con la cabeza.

–Eso es pura fantasía. Tú eres príncipe y millonario, y yo ¿quién soy?

–La mujer más decidida que he conocido nunca.

–Los halagos no me conmueven, Luca. Hemos tenido relaciones íntimas, y después te marchaste sin más. Para mí solo significa una cosa. Eres incapaz de tener sentimientos.

–Tú desapareciste y viniste aquí. ¿Es muy diferente?

–No iba a quedarme en Italia para siempre. Era una

oportunidad única para mí. Siempre supe que regresaría a casa en algún momento. Ahora tengo intención de estudiar y de hacer algo en la vida. Puede que estés acostumbrado a que las mujeres se lancen a tus brazos, pero...

–No como ha sucedido –dijo él.

Ella no podía soportar la mezcla de sentimientos que estaba experimentando. Su cuerpo estaba magullado. Y su mente hecha un lío. Se había enamorado de Luca. La aventura amorosa que habían compartido había dejado una huella imborrable en su corazón, pero era un hombre que nunca podría tener. Él lo sabía igual que ella.

–Ambos hemos cometido fallos –insistió Luca–. Tú no contestaste a mis cartas. Te negaste a verme. Rechazaste mis regalos. Y sí, comprendo que te haya parecido que me marché sin más, pero ahora espero que veas que tenía buenos motivos para hacerlo. Pasa algún tiempo en Fabrizio y descubre el tipo de vida que tendría nuestro hijo.

El miedo se apoderó de ella al oír sus palabras. «Las hormonas», pensó. Sabía que estaba exagerando, pero él podría decidir su futuro si se lo proponía. Esperaba que su hijo viviera con él. Sí, debía ir a conocer su mundo. Luca no era un hombre corriente. Nunca podría competir con su riqueza, o con su estatus, pero ella creía firmemente en sus valores y en su capacidad para criar a su hijo. Tenían que hablar, pero no era el momento.

–Ha llegado mi taxi... –miró la mano que Luca tenía sobre su brazo.

–¿Qué propones, Callie?

El tono de Luca había cambiado. El bebé no se beneficiaría de las discusiones de sus padres.

–Una tregua –dijo ella–. Eso es lo que propongo. Eres un héroe. Me has salvado. Y también has salvado a nuestro hijo. Nunca te estaré lo suficientemente agradecida. Si no podemos llegar a más, estoy segura de que podemos ser amigos.

–¿Amigos? –Luca frunció el ceño.

–¿Por favor? Por el bien de nuestro hijo.

El taxi se detuvo junto al bordillo. Se había acabado la conversación ¿Por qué no había aceptado su oferta? Él podía llamar a una limusina para trasladarla. ¿Era así como iba a ser? No podía permitir que Callie tuviera esa libertad. El heredero de Fabrizio era demasiado preciado para tal cosa.

–No puedo creer que mi teléfono nuevo siga entero –dijo ella, mirando el aparato antes de guardarlo.

–Dame tu número –dijo él.

–Dame tú el tuyo, y te llamaré cuando esté preparada.

–¿Al menos puedo saber dónde vas?

–Te llamaré –dijo ella, mientras se subía al taxi.

Furioso por dentro, él le dio su número. Después del accidente y del shock de volverlo a ver, podía dejárselo pasar, pero ver a Callie de nuevo no era negociable. Tenía intención de seguir el rastro de su hijo. Apretando los dientes, observó marchar al taxi, y tuvo que recordarse que aquello no era el final de nada, sino el principio de su nueva relación.

Si ya estaba hecha un lío, cuando bajó los escalones del edificio público y vio a Luca esperándola, sintió que estaba a punto de explotar. Apoyado contra un coche negro, él la miraba como si supiera exactamente lo que había sucedido durante su entrevista de trabajo. Por supuesto que lo sabía.

Apretando los dientes, ella aceleró el paso. Cuanto antes terminara con aquello, mejor. Al principio de la entrevista ya había sospechado y no tardó mucho en darse cuenta de que nunca conseguiría el trabajo. El director de turismo solo sentía curiosidad por conocerla. Incluso había admitido que ella reunía todo lo que buscaban y que estaba muy bien formada. De hecho, Callie se había leído la historia de la famosa iluminación desde el siglo XIX hasta la actualidad.

–También me conozco todos los rincones de la ciudad –le había asegurado, explicándole que había visitado Blackpool en numerosas ocasiones.

–En resumen, eres perfecta para el trabajo –convino él, antes de acomodarse en su asiento y explicarle que el puesto ya no estaba vacante.

Entonces, ¿para qué la había convocado?

–No te decepciones. Me han dicho que tienes un futuro brillante por delante –le había dicho el entrevistador.

Callie se detuvo frente a Luca y le preguntó:

–¿Cuánto te ha costado?

–¿El qué? –frunció el ceño.

–¿Cuánto te ha costado arruinarme la posibilidad de obtener el trabajo?

–Nada –admitió él.

–Estás mintiendo –dijo ella.

–Creo que deberías calmarte –comentó Luca, mientras abría la puerta del pasajero–. Sube.

–Ni de broma.

–Por favor.

Ella continuó caminando y él la agarró del brazo.

–¿Dónde crees que vas? –preguntó él–. No puedes volver a la tienda. Está toda tapiada. Tu casera va a pasar la noche en un hotel muy cómodo mientras mis trabajadores terminan la reparación.

–Tus trabajadores –soltó ella–. Eso lo dice todo. Tu intervención en mi entrevista de trabajo. ¿Y dices que no eres controlador? ¿Qué más tienes guardado para mí, Luca?

Soltándole el brazo, él dio un paso atrás.

–He ayudado a tu casera a encontrar una solución más rápida que la que le daría su compañía de seguros. Eso es todo. En cuanto a tu entrevista de trabajo, ¿cómo vas a trabajar como guía turística cuando estés muy embarazada? No puedo permitir que la madre de mi hijo se exponga ante personas que puedan tratarla mal solo para llegar a mí. Tu situación ha cambiado, Callie, te guste o no.

–Sin duda. Era libre, y ya no lo soy –estaba furiosa–. ¿Cómo has conseguido una cita para quedar con el Director de Turismo tan deprisa?

–Su secretaria me reconoció.

–Por supuesto. Desde tu coronación sales en todas las noticias. El soltero más cotizado del mercado, que resulta que tiene una amante embarazada.

–Muy dramático –dijo él.

–¿Dramático? Desde que apareciste en mi vida, todo es muy dramático... –se calló al recordar que, de no haber sido por Luca, podía estar muerta. Se le saltaban las lágrimas y pestañeó para contenerlas–. Dijiste que no te había costado nada entrometerte en mi entrevista de trabajo. ¿Qué has hecho Luca? ¿Debiste decir algo?

–Así es –confirmó él, protegiéndola del viento–. Les ofrecí hacernos publicidad mutua de nuestros destinos vacacionales.

–Y algo más.

–Sí. Les dije que quería que trabajaras para mí.

–¿Qué?

–Sube al coche.

Ella estaba temblando. Hacía mucho frío. Se miraron sin pestañear. Ambos sabían que no había escapatoria. Callie tenía muy poco dinero y no tenía sitio para pasar la noche.

—¿Dónde me llevas?

—Creía que te gustaban las aventuras.

—No me gustan las sorpresas —de todos modos, tenían que hablar. Sin duda, podrían llegar a un acuerdo.

Al fin y al cabo, aquello no trataba sobre ellos, sino sobre su hijo, y Callie estaba segura de que querían darle prioridad.

Una vez dentro del vehículo, Callie apareció en un mundo totalmente diferente. Un mundo que solo las personas muy adineradas podían permitirse. Resultaba tentador dejarse llevar y no pensar en nada más aparte de en llegar al destino.

«Este es el aroma del dinero», pensó ella, mientras Luca se acomodaba al volante. Ella podía inhalar su aroma masculino mezclado con la loción que siempre llevaba. Apretó un botón, y el coche arrancó. Luca condujo despacio hacia las afueras de la ciudad, hacia el aeropuerto. Ella tenía que tomar decisiones con rapidez. Había aceptado subirse al coche, pero ¿había aceptado viajar fuera del país? La idea de ver a Luca en su territorio era emocionante, pero le preocupaba que la sedujera para que abandonara su libertad. Incluso después de conocer su verdadera identidad, él seguía siendo el hombre más atractivo y deseable. Su cuerpo ardía de deseo por él. Su mente le recordaba que tenían que hablar. Su alma le indicaba que estaban hechos el uno para el otro. Y en un nivel más básico, el embarazo había provocado que estuviera loca por el sexo, y solo había una manera de solucionarlo

Capítulo 8

EL JET de la realeza estaba esperándolos. En esa ocasión, Luca no iba a pilotarlo, así que, acompañó a Callie a bordo como si ya fuera la princesa. Comprendía su necesidad de sentirse libre. El suyo sería un matrimonio de conveniencia y no ataría a ninguno de los dos. El único propósito era proporcionarle un heredero a Fabrizio. ¿Aceptaría ella su propuesta? Mejor que fuera una mujer por la que él tenía interés y no una princesa desconocida de la lista de Michel.

Callie aceptaría mantener relaciones sexuales. Las feromonas amenazaban con asfixiarlo. La agarró por la muñeca y la guio hasta la parte trasera del avión, donde estaban sus aposentos privados. Luca había dado instrucciones para que no los molestaran bajo ninguna circunstancia. No hablaron. No hacía falta. Era evidente lo que Callie necesitaba. Hablarían más tarde. Luca abrió la puerta de la habitación y la dejó pasar.

–Luca....

–Ya hemos hablado demasiado –ella llevaba los zapatos de tacón y el traje con el que había ido a la entrevista–. Déjate los zapatos puestos.

–¿Qué?

–Ya me has oído. Quítate todo lo demás –ella tenía las mejores piernas del planeta y una silueta preciosa. La altura de sus tacones hacía que moviera las caderas de una forma irresistible. Acorralándola contra la puerta, la besó en los labios.

–¿Toda mi ropa? –preguntó ella.

–Sí.

El deseo había nublado su mirada.

–No me has dicho dónde me llevas.

–La sorpresa te va a encantar.

–Deja que decida yo –insistió ella–. Dímelo y me quito la ropa.

¿Ella estaba jugueteando con él?

–No juegas limpio –comentó ella, cuando él presionó el cuerpo contra el suyo.

–¿Acabas de darte cuenta?

Moviendo las caderas, Luca restregó el cuerpo contra el de ella hasta que gimió. Cuando él se retiró, ella se acercó para repetir el contacto. El avión estaba a punto de despegar.

–Tienes demasiada ropa –comentó él.

–¿Por qué no hemos hablado en Blackpool? –preguntó ella.

–¿En un hotel anónimo e impersonal? ¿No prefieres estar aquí?

–No puedo.

–Creo que descubrirás que sí puedes –la besó en el hombro.

–¿Quién vive así? –dijo ella.

–Deja de distraerte y disfruta.

–No. No puedo...

–Debes hacerlo. Insisto –la besó apasionadamente y se percató de lo mucho que la había echado de menos. Le separó las piernas con el muslo y terminó lo que había empezado. Ella se quedó quieta y gimió repetidamente. Pasó un tiempo antes de que pudiera tranquilizarse.

Callie permaneció con los ojos cerrados y la respiración acelerada. Luca le acarició los pechos mientras se recuperaba, jugueteando con sus pezones turgentes.

Ella pronunció su nombre y apoyó la cabeza sobre su torso.

–Creo que debemos llevar esto a la cama –dijo él.

–¿No deberíamos ponernos el cinturón?

–Si es lo que quieres...

–Eres malo –dijo ella, mientras él le enseñaba el cinturón diseñado especialmente para la cama–. Para el millonario que lo tiene todo, supongo.

–Para las turbulencias –confirmó él.

–¿Esperas muchas turbulencias?

–Muchísimas.

–Eres peor de lo que pensaba –dijo ella, riéndose relajada.

–Peor de lo que conoces –tomándola en brazos, la besó. Cuando la soltó, ella lo miró de una manera que lo afectó. Callie no se veía como él la veía a ella. Callie no se daba cuenta de lo atractiva que era.

–¿Por qué me miras así? –preguntó ella.

–Estoy pensando en acostarme contigo.

–Me alegro.

–¿De veras?

–Sí –contuvo una sonrisa–. Porque yo estoy pensando en lo mismo.

Luca se colocó sobre ella y Callie se estremeció.

–Ahora –le dijo, animándolo a que él la explorara.

Él la besó de forma apasionada y le acarició el cuerpo, volviéndola loca de deseo. Colocándola sobre su cuerpo, le acarició el trasero, provocando que suspirara y gimiera. Momentos después, la colocó de nuevo bajo su cuerpo.

–¿Qué pasa con tu ropa? –preguntó ella.

Él comenzó a desvestirse, pero Callie se le adelantó. Quitándole la ropa, no se conformó hasta que ambos estuvieron desnudos. Luca la sujetó por los hombros y la miró:

–Te he echado de menos –le dijo.

–Yo a ti también –ella estaba temblando con anticipación, pidiéndole con el cuerpo que la sujetara y la besara, que le diera placer hasta que estuviera exhausta.

Luca la tumbó boca arriba y le colocó las piernas sobre los hombros. La miró, e inclinó la cabeza para devorarla mientras Callie arqueaba el cuerpo y gemía.

–Los cinturones –comentó ella

–¿Me estás pidiendo que te ate?

–Parece que vamos a despegar –le advirtió, girando la cabeza sobre la almohada para escuchar.

Él se encogió de hombros al oír el rugido del motor.

–Creo que tienes razón. Sin duda, creo que debes estar bien sujeta –la ató con un par de movimientos y continuó con lo que había empezado.

Ella no duró demasiado.

–Aaaah... –el grito de placer provenía de lo más profundo y se convirtió en una serie de sonidos guturales que lo atormentaron. Ella lo atormentaba.

–Ah... ah... –gimió ella, moviéndose con tanta fuerza que hasta el cinturón apenas la podía retener–. Te deseo en mi interior –dijo al fin.

Aquello coincidió con que el piloto aceleró. Sujetando las manos de Callie sobre su cabeza, Luca hizo lo mismo. Lo que había imaginado acerca de mantener relaciones sexuales con Callie, no tenía nada que ver con aquello. Era pura perfección. Sus músculos internos lo atrapaban con una fuerza inimaginable, proporcionándole un inmenso placer. Cuando el jet se estabilizó, Callie ya había experimentado tres orgasmos y estaba preparada para más. Cuando terminó, él la colocó de lado.

–Acurrúcate y deja que te acaricie. Quiero mirarte.

Ambos eran muy claros cuando se trataba de lo que les gustaba en la cama. Callie no solo aceptó su propuesta, sino que empleó un colorido lenguaje para indicarle qué esperaba de él. Levantó el muslo para tentarlo todavía más y giró la cadera para que el pudiera verlo todo.

Él se inclinó y la penetró.

—Más —insistió ella—. Más.

Él notó que el orgasmo empezaba en sus pies y se extendía por todo su cuerpo. Estaban involucrados en un acto muy íntimo y primitivo. Él reclamaba a su pareja. Ella a la suya. Luca no tenía ni idea de hasta dónde podían llegar con aquello, pero no estaba en condiciones de razonar.

—Solo tengo una queja —dijo él, colocándola sobre su cuerpo cuando se tranquilizaron otra vez.

—¿Una queja?

—Deberías llevar más ropa para poder quitarte más prendas.

Ella se relajó y suspiró antes de decir:

—Bueno, esa será la solución para tu regalo de Navidad.

Entonces, ella se quedó en silencio. Él se percató de que quedaban pocos días para Navidad.

—Oye —susurró al ver que ella fruncía el ceño—. Sin duda vamos a estar juntos en Navidad.

—¿De veras?

—Sí —confirmó él, acariciándola para tranquilizarla—. No vas a pasar la Navidad en una habitación encima de una tienda. Quiero que veas dónde vivo.

—Sé dónde vives.

—Me refiero a Fabrizio.

—Sigue siendo un palacio —suspiró ella.

Luca tenía casas por todo el mundo donde podía tener intimidad, pero desde su coronación, el palacio se había convertido en su residencia principal. Él tenía un apartamento allí. El palacio de Fabrizio era el motor de la dinastía, pero sus aposentos eran elegantes y privados.

–Donde yo vivo hay vistas al lago y a los jardines, y tiene todas las comodidades que un niño puede necesitar –le aseguró a Callie.

–Estoy segura de que es un sitio bonito –convino ella. Se dio la vuelta, se tapó con la sábana y fingió dormir. Al cabo de un rato, se quedó dormida, mientras él permaneció tumbado a su lado con los brazos bajo la cabeza.

Cuando Callie despertó, se incorporó y vio una gran selección de vestidos en unas perchas.

–¿De dónde han salido?

–La azafata los ha traído.

–¿Mientras yo dormía entre tus brazos?

–Estabas bien tapada. Le pedí a mi secretaria que se asegurara de que tuvieras ropa y accesorios a tu disposición para cuando desembarcáramos.

–Tengo mi traje.

El miró la blusa y la chaqueta que estaban en el suelo.

–Bueno, he de decir que esto también es la primera vez que lo veo.

–¿El qué?

–Una mujer que se niega a ver un perchero de ropa.

–Machista –dijo Callie, y se levantó de la cama con una sábana alrededor del cuerpo–. No he dicho que no fuera a mirarla, pero insisto en que pagaré todo lo que elija.

–No esperaba menos de ti –le aseguró él muy serio.

–¿Te estás burlando de mí? –preguntó ella.

–Un poco.

Se miraron durante unos segundos. Él estaba sorprendido por cómo Callie lo hacía sentir. Siempre había ocultado sus sentimientos, pero con Callie no era posible. Incluso con el príncipe, su difunto padre, había tenido una relación hombre a hombre. Nunca había tenido influencias femeninas en su vida. Las mujeres habían sido como accesorios en el pasado, pero con Callie era diferente. Con el cabello alborotado y sonrojada después de dormir, parecía saciada, pero preparada para aceptarlo otra vez si él lo consideraba necesario. Al pensarlo, se le tensó la entrepierna. Por desgracia, no había tiempo. Pronto aterrizarían.

—Estoy esperando a ver qué modelito eliges.

Ella lo fulminó con la mirada.

Fue todo lo que necesitaba. Llevaba inactivo bastante tiempo. Cruzó la habitación y la besó en la boca.

—Sorpréndeme —susurró Luca.

—¿No siempre te sorprendo?

Él la besó otra vez.

—¿A qué se debe ese beso?

—Es un anticipo de lo que vendrá después.

—No permitiré que me sobornes —le advirtió.

Él se rio y salió de la habitación. Se habían acostado, habían hecho el amor y habían sido felices juntos. Solo les quedaba hacer un trato con el que Fabrizio y ellos pudieran convivir. Él se sentía seguro respecto a Callie en muchos aspectos. Ella estaba llena de luz, de amor y de pasión, y era sincera y directa. Eso no significaba que él pudiera predecir cómo reaccionaría ante la idea de criar a su hijo en Fabrizio, pero para él eso era innegociable.

Callie eligió unos pantalones vaqueros, una blusa blanca y una chaqueta de color azul oscuro. También unas botas de tacón no muy alto. Se sentía segura, cómoda y feliz, hasta que vio al chófer junto a una gran limusina. El imponente vehículo negro llevaba la bandera de color granate y dorado sobre el capó, junto con el escudo de Fabrizio donde se veía la casa real de Luca con las imágenes de un león, un semental negro y una mandolina. La imagen fue como un jarro de agua fría para Callie, recordándole que Luca era un príncipe con todo el dinero, poder e influencia que él pudiera desear, mientras que ella ni siquiera era capaz de conseguir un trabajo.

El chófer los esperó con atención hasta que Luca apareció en la puerta del avión. Luca la dejó pasar delante. Ella se sentía expuesta. La chaqueta y los vaqueros no le parecían suficiente, después de que Luca se hubiera vestido con un traje oscuro y una camisa de color azul claro. Si antes estaba atractivo, entonces parecía un príncipe.

«Tranquila. Tienes todo el derecho del mundo a caerte por las escaleras de un avión», pensó ella.

–Agárrate a mi brazo –le indicó Luca, para asegurarse de que no tuviera otro accidente.

–¿Estás seguro? –preguntó ella, pensando que él no querría que la vieran con él de manera que pudiera comprometerlo.

–Por supuesto, siempre y cuando me lo devuelvas después –dijo él, arqueando una ceja.

Ella se rio. Al fin y al cabo, eso de la realeza no era tan malo. El buen humor de Luca ayudaba. Ella sonrió. El chófer sonrió también. La saludó y le abrió la puerta de la limusina. Ella le dio las gracias cuando la acomodó en el interior.

–No ha sido tan terrible, ¿verdad? –le preguntó Luca cuando el chófer cerró la puerta.

–Para nada –admitió ella–. ¿Por qué haces eso? –preguntó ella, al ver que él bajaba la persiana para tener privacidad.

–Porque te deseo.

Luca era tan sincero como ella. Estiró el brazo y la colocó sobre su regazo.

—Deberías haber elegido un vestido.

—Luc... —ella se disponía a protestar cuando él la silenció con un beso y la acarició con la mano—. Oh, no —dijo ella, rindiéndose ante lo inevitable y separando las piernas un poco más.

—¿Oh, no? —preguntó él—. ¿Eso significa que quieres que pare?

—Ni se te ocurra —susurró ella, besuqueándolo—. A mí también me gustaría haber elegido un vestido.

—Seguro que nos las podemos arreglar —dijo Luca, mientras le desabrochaba el pantalón—. No es que tengamos poco espacio.

—¿Y nos da tiempo? —preguntó ella, mientras él le quitaba los vaqueros y ella se quitaba la chaqueta.

—Tiempo de sobra —dijo Luca—. ¿Y el tanga? —sugirió él, retirándose para mirarla.

—¿Y tu ropa?

—¿Qué le pasa a mi ropa? —se bajó la cremallera y liberó su miembro, demostrándole que estaba más que preparado—. Colócate encima y ve despacio.

Ella se sentía deliciosamente expuesta con las piernas separadas, y deliciosamente excitada cuando Luca la acarició con la mano. Él tenía razón con lo de que fuera despacio. Nunca se acostumbraría al tamaño de su miembro.

Lo rodeó por el cuello y le permitió que la guiara con cuidado. Él marcó el ritmo, mientras ella se concentraba en la sensación. Al ver que él la sujetaba del trasero y la levantaba, gimió decepcionada. Sus quejidos provocaron una sonrisa en su rostro, y Luca la bajó de nuevo. Entonces, comenzó a moverse rítmicamente hasta que ella ocultó el rostro contra su chaqueta y esperó el orgasmo. Cuando llegó, fue algo increíble, y él supo cómo prolongarlo.

–¿Mejor ahora? –preguntó él, mientras ella pronunciaba una serie de gemidos.

Callie levantó la cabeza.

–¿Hay tiempo para más?

Riéndose contra sus labios, Luca la complació.

Capítulo 9

FABRIZIO era un bonito lugar, con callejuelas y parques llenos de árboles por todos lados. La gente saludaba y vitoreaba cuando veía el coche real, y Luca bajó la ventana para poder saludar, en cuanto Callie terminó de vestirse. Ella había visto el palacio desde lejos. Rodeado por murallas antiguas, el palacio real estaba en lo alto de una colina desde la que, en otros tiempos, se podía ver llegar al enemigo desde lejos. Era el edificio más bonito que ella había visto nunca, con una grandeza que ni siquiera era comparable con el *palazzo* de Amalfi. Cuando la limusina se detuvo frente a unos escalones de piedra, Luca la ayudó a salir del coche y la dejó al cuidado del ama de llaves y una doncella, mientras se adentraba en el edificio.

Después de cruzar un recibidor lleno de escudos, espadas y retratos antiguos, guiaron a Callie hasta un apartamento situado en la primera planta. Era un lugar muy luminoso y atractivo y le parecía increíble que pudiera quedarse allí hasta el final de su estancia.

Después de despedirse del ama de llaves y de la doncella, esperó a que se cerrara la puerta y se dirigió al baño para darse una ducha. En el baño había todo tipo de cremas y jabones en preciosos frascos de cristal. Callie abrió uno de ellos e inhaló. Entonces, estornudó. Era un poco alérgica a ciertos aromas. Aunque al de Luca, no. Callie se volvió y admiró las paredes de mármol. ¿Qué estaría haciendo él? Se preguntó mientras miraba el teléfono de la habitación. No quería que pensara que estaba desesperada. Era mejor que la llamara él.

En el palacio no había problemas de agua caliente, así que permaneció bajo el agua hasta que se sintió lo suficientemente limpia y descansada. Después, se puso un albornoz y se preguntó qué debía hacer con la ropa. Encontró unas zapatillas a juego con el albornoz, se calzó y regresó a la habitación, donde las cortinas de seda se movían junto a la ventana abierta. De pronto, sintió nostalgia de su casa y buscó su teléfono. Lo que necesitaba era hablar con alguien en quien pudiera confiar. Ma Brown contestó enseguida.

–¿Sí, cariño?

–No quiero que os preocupéis por mí, así que voy a poneros al día.

–Estupendo –dijo Ma Brown.

Callie podía imaginarse a su amiga dejando lo que estuviera haciendo para hablar con ella.

–Estoy en Fabrizio –añadió.

–¡Lo sabía! –exclamó Ma Brown–. Estás con el príncipe.

–Sí. Y hay algo más...

–¡Estás embarazada! –exclamó Ma Brown antes de que Callie pudiera decir nada.

–Tenía intención de contártelo...

Ma Brown no la escuchaba.

–¿Te ha propuesto matrimonio ya?

–No –admitió Callie.

–¿Y por qué no? –preguntó Ma Brown con humor–. ¿Quieres que vaya y lo presione? Lo haré, si quieres. Puedo tomar un vuelo.

–No –dijo Callie, riéndose–. Prometo que puedo ocuparme yo.

–Entonces, háblame sobre su país –le dijo Ma Brown.

–Parece que todo es perfecto. Piensa en Monte Carlo con un toque de Dubái...

–Guau –exclamó Ma Brown entusiasmada–. Continúa.

–El palacio de Luca parece sacado de un cuento de hadas. Es como el de la Cenicienta, con torres y almenas. Incluso tiene un foso con puente levadizo.

–Me imagino cuánta gente necesitan para cuidar de todo –comentó Ma Brown.

–Y todo el mundo lleva uniforme –añadió Callie–. Los centinelas llevan un traje negro de terciopelo con trenzas doradas.

–Cielos... ¿Y no resulta un poco intimidante?

«No te haces una idea», pensó Callie, pero contestó.

–¡Puf! No, para ti y para mí, Ma.

–Esa es la actitud –comentó Ma Brown–. He leído acerca de lo maravilloso que es el palacio. Se supone que el campo que tiene alrededor es igual de bonito. Cuéntame.

«Hmm. Un tema complicado», pensó Callie.

–Estaba tan emocionada durante el viaje desde el aeropuerto, que no me fijé mucho –admitió–. Me fijaré la próxima vez para contártelo todo.

–Tu príncipe me interesa mucho desde que fue a tu rescate.

–No es *mi* príncipe, Ma.

–El linaje del difunto príncipe databa de años atrás. No como el de Luca, que se remontaba a los barrios bajos de Roma. O al suyo.

–¿Cuándo regresas a casa, Callie?

–No estoy segura –admitió ella.

–Si yo fuera tú, me quedaría allí lo máximo posible –le recomendó Ma Brown–. Dentro de poco se celebra un gran baile en Fabrizio con motivo de la coronación del príncipe Luca. No puedes perdértelo. Quiero saberlo todo.

–Dudo que esté invitada –confesó Callie. Luca no había mencionado el baile. Ella suponía que él no querría que estuviera allí. Al pensar en que Luca podría asistir al baile del brazo de una princesa, sintió un nudo en el estómago.

–No me decepciones –dijo Ma Brown–. Cuando dijiste que ibas en busca de aventura, lo que me imaginaba era algo así como un baile en el palacio.

–No soy Cenicienta –le recordó Callie–, y no tengo hada madrina.

–Yo no estaría tan segura –insistió Ma Brown–. Y quiero una invitación a la boda.

Antes de que Callie pudiera responder, Ma Brown había colgado.

Era evidente que las novelas que leía Ma Brown la habían alejado de la realidad. Callie se sentía aliviada por el hecho de que su amiga se hubiera tomado bien la noticia del embarazo. Ma Brown tenía razón. Un embarazo era algo normal. Asistir a un baile de la realeza, no. Si se le presentaba la posibilidad, asistiría.

Diez minutos más tarde cambió de opinión otra vez. «No pertenezco a este lugar», pensó. Ocultando el rostro entre las manos, Callie respiró hondo antes de mirarse en el espejo del tocador. Su reflejo apareció sobre una antigüedad, como todo lo demás que había en la habitación. ¿Cómo diablos había terminado allí?

–Te diré cómo –le dijo una vocecita en su cabeza–. Pasaste de ser una chica buena a ser una descocada en poco tiempo, ¡esa eres tú, Callie Smith!

El cuento de hadas no era exactamente como se lo había contado a Ma Brown. Ella nunca sabía dónde se situaba con respecto a Luca, y lo peor de todo era que meses antes sabía perfectamente a dónde se dirigía. Su aventura italiana no era más que un pequeño interludio que recordaría con placer. Después, pensaba haber regresado a casa, continuar con sus estudios y conseguir un trabajo mejor. El embarazo lo había cambiado todo. Sus prioridades eran totalmente diferentes. El bebé era lo primero. Siempre lo sería. Cualquier decisión que ella tomara sería para beneficiar a su hijo.

Y al hijo de Luca.

Cerró los ojos y pensó en todo lo que había visto hasta ese momento. Desde el amplio recibidor hasta la escalera cubierta por una alfombra roja. ¿Necesitaba más pruebas para saber que no pertenecía a ese lugar? Le parecía imposible que horas antes hubiera estado dispuesta a hacer cualquier cosa para criar a su hijo. En el palacio estaba rodeada de todo lo necesario. El hotel de cinco estrellas que le había parecido tan elegante no era nada comparado con aquello. Debía pellizcarse para comprobar que no era un sueño. Cuando llamaron a la puerta y abrieron sin esperar a que Callie dijera que pasaran, se sobresaltó.

—Oh, lo siento, señora. Yo...

—No, por favor, pase. Y, por favor, llámame Callie...

Callie palideció al ver que la doncella se acercaba a la pared para dejar pasar a varios hombres cargados con percheros llenos de vestidos.

—Debe de haber un error —comentó ella.

—No es ningún error, señora —le aseguró la doncella—. Como hay poco tiempo, Su Alteza le pide disculpas por no haberle enviado la invitación para el baile, pero quiere que sepa que puede elegir cualquiera de estos vestidos.

—¿Su Alteza espera que yo asista al baile?

—Así es, señora.

«Entonces, podría venir y decírmelo en persona»,

pensó Callie, pero le dio las gracias a la doncella y le preguntó:

—¿Espero que esto no haya supuesto muchos problemas para usted?

—Para nada, señora. En cuanto elija el vestido, si toca este timbre... —la doncella le mostró un cordón que había en la pared—, regresaré enseguida para ayudarla a vestirse.

—¿El baile es esta noche?

—Oh, no, señora. Es para que tenga la oportunidad de elegir y probárselo. El príncipe me ha dicho que le diga que vendrá a las siete para comentar su elección.

«Hmm», pensó Callie. «Y para quitármelo». Sabía que a él no le importaba qué ropa llevara, lo que le importaba era quitársela.

En cuanto la doncella se marchó, ella se acercó al perchero para ver los vestidos. Nunca había visto ropa tan maravillosa. Había de todos los colores, algunos con lazos, otros con pedrería... Casi todos eran escotados o tenía una apertura en el lateral. Eligió uno de color aguamarina y lo colocó contra su cuerpo. Estaba tan cargado de pedrería que pesaba un montón. Era de seda y tenía un corpiño en el interior, así que no tendría que llevar sujetador. Se volvió para dejarlo en la percha y eligió otro.

Uno a uno, fue descartándolos todos. No se imaginaba vestida con ninguno. Eran demasiado elegantes y no parecían cómodos. Cruzó la habitación y tocó el timbre.

—¿Sí, señora? —preguntó la doncella.

—Tenemos más o menos la misma talla. ¿Podrías prestarme un par de vaqueros y una camiseta para que pueda ir de compras?

—¿Ir de compras, señora? Le pediré que le traigan una selección de ropa en menos de una hora.

–¿De veras?

–Por supuesto.

–Está bien, pero asegúrate de darme... –antes de que pudiera terminar la frase y pedirle la factura, la doncella había salido de la habitación.

Callie suspiró. ¿Qué se suponía que debía hacer? Intentó llamar a Luca, pero le resultó imposible. Habló con media docena de personas y nadie lo localizó. Eran casi las nueve de la noche. Ella estaba hambrienta, así que llamó a la cocina y pidió una bandeja de sándwiches y té. ¿No se suponía que tenían que hablar? ¿O es que los asuntos de Estado eran mucho más importantes que su hijo?

Callie se tomó el té y los sándwiches y caminó por el apartamento una y otra vez. Era una jaula dorada para la mascota del príncipe. Era un lugar impersonal. Los cajones estaban vacíos. No había ni un libro. Ni un televisor. Abrió las cristaleras de la terraza y se sentó a escuchar los sonidos de la noche. ¿Dónde estaría Luca? A esas alturas ya debía haber aprendido que el sexo no significaba nada para él, que podía marcharse y olvidarse de ella.

Empezó a sentir frío y regresó a la habitación. Se había olvidado de que la doncella le había prometido que le llevaría más ropa y encontró montones de prendas sobre la cama. Eligió un par de vaqueros y un top y se los puso, quitándose el albornoz.

«¿Más té?», pensó, agotada después de mirar y remirar toda la ropa. En ese momento, se abrió la puerta y entró Luca.

–¿Té, señora?

Incluso con una bandeja de té en las manos, era todo lo que se podía desear en un hombre. Alto y musculoso, ella nunca se acostumbraría a su presencia. Se había cambiado de ropa y llevaba unos vaqueros con una ca-

misa blanca arremangada. Tenía los antebrazos bronceados y cubiertos de una fina capa de vello.

Ella deseó que la abrazara. Aunque se suponía que
debían tener una conversación seria antes de sucumbir
a sus encantos.

–Ah, han llegado los vestidos –comentó él, al ver los
percheros–. Ahora, un pase de moda –se sentó en un
sofá y gesticuló como para que ella se pusiera en marcha.

–¿Vas a desfilar para mí? –preguntó ella–. Dijiste
algo de un pase de moda –añadió al ver que él arqueaba
una ceja.

Él se rio.

–No cambiarás nunca, ¿verdad?

–Espero que no. Tener sexo en un coche no solu-
ciona el futuro, príncipe Luca. Tenemos que hablar se-
riamente.

–Hablaremos pronto –le prometió él–. Primero, un
brindis –dijo, y se puso en pie.

–¿Con té?

–Puedo pedir champán.

–Yo no puedo...

–Por supuesto que no puedes –se acercó y entrelazó
los dedos con los de ella–. Perdóname –susurró con una
sonrisa–. Me había olvidado por qué estamos aquí.

–No –lo fulminó con la mirada.

–Iba a proponer un brindis por el heredero del principado de Fabrizio

–En ese caso, te perdono.

Cuando Luca sonrió, de no haber sido por la tensión
sexual que había en el ambiente, habrían parecido dos
amigos disfrutando de la confianza mutua.

–¿Has elegido tu vestido? –preguntó él, girándose
hacia los percheros–. Quiero que estés cómoda. Sé que
estarás preciosa. Será una noche especial para ambos,

porque tendré la oportunidad de presentarte a mis invitados.

—¿Como qué? —preguntó ella.

Luca se quedó pensativo un instante.

—¿Como mi asistente personal? No —negó con la cabeza—. ¿Qué tal como la Guardiana de las Joyas de la Corona? ¿Mejor?

—Esto es muy serio —le advirtió Callie—. Por favor, deja de bromear. Si voy a asistir a un baile contigo, necesito saber dónde situarme. Es la única manera en la que podré sentirme cómoda.

—Cómoda era la palabra equivocada. Ahora me doy cuenta —admitió Luca—. Quiero que te sientas estupenda. Puesto que el baile es mañana por la noche, será mejor que elijas uno de esos vestidos para asegurarte.

Ella no estaba allí para eso. Había ido a Fabrizio para hablar de su hijo.

¿Y qué había de la promesa que le había hecho a Ma Brown acerca de que le contaría todo sobre el baile? Callie miró los vestidos. En unos meses no podría ponerse ninguno.

—Tendré un aspecto ridículo —comentó.

—Estarás preciosa —dijo Luca, poniéndose cómodo—. Empecemos.

—Me cambiaré en el vestidor —dijo ella, y agarró el vestido aguamarina que había elegido al principio—. Y no pienso salir si parezco un bicho raro.

Sintiéndose segura dentro del vestidor, Callie se miró en el espejo y puso una mueca. El vestido le quedaba bien, pero pesaba mucho y era demasiado apretado. Hacía que se le levantara el pecho y que disminuyera su confianza en sí misma. No obstante, eso no era lo que en realidad le preocupaba. Cuando salió del vestidor, Luca comentó:

—Pareces una sirena —dijo él.

–Menos mal que eso es un *no*.

–A menos que pienses ir dando saltitos a mi lado.

–Con este podría andar sin rumbo hasta ti –sugirió ella, después de cambiarse de vestido.

–No. Solo llegarías hasta la puerta.

–Me conoces demasiado bien.

–Estoy en ello –admitió Luca, mientras Callie escogía otro vestido.

–¿Este? –preguntó ella, apartando unos adornos con forma de helecho.

–Pareces una tienda de plantas –dijo Luca–. ¿Y este qué tal? –sugirió, eligiendo un vestido color hueso con pedrería sencilla.

–Es bonito. Me lo probaré.

Con la puerta del vestidor cerrada, Callie se miró en el espejo. Le quedaba bastante bien y tenía que admitir que el vestido era elegante y sexy. El tono del color del vestido combinaba tan bien con el de su piel que podía parecer que estaba desnuda. Desnuda, pero con un corte en el lateral del vestido que le llegaba casi hasta la cintura. Respiró hondo, y abrió la puerta.

Luca no dijo nada. Su rostro era inexpresivo.

–No –le advirtió ella al ver que él se ponía en pie y se acercaba.

–¿Por qué no? –preguntó él–. No puedo dejarte embarazada.

–¡Luca!

Él silenció su protesta con un beso y todo su cuerpo reaccionó. Sus manos conocían cada curva de su cuerpo. El vestido era tan delicado que sus caricias se percibían como si estuvieran desnudos. La invadieron los recuerdos. Recuerdos de placer, de confianza.

–Te deseo –le dijo–. Aquí y ahora. No puedo esperar.

–Yo tampoco –le aseguró.

Luca ya había encontrado el corte en el lateral del vestido. Ella solo tuvo que moverse una pizca para que sus dedos la acariciaran donde más lo deseaba. No llevaba nada bajo el vestido, excepto el tanga, y la prenda no resistió al asalto de Luca. Después de arrancárselo, la acorraló contra la pared y comenzó a acariciarla para ver si estaba preparada. No tardó mucho en estarlo. Liberando su miembro, metió el muslo entre las piernas de Callie y la penetró con un empujón. A partir de ahí, se oyeron varios gemidos y él continuó poseyéndola hasta que perdió el control.

—No puedo sentirte —se quejó ella, cuando recuperó la capacidad de hablar.

—¿Qué? —preguntó Luca.

—No es eso... —comentó con placer al ver que él se movía en su interior—. Me refería a tu cuerpo desnudo —estiró de su camiseta—. Quiero sentirte entero y excitado —lo ayudó a desnudarse—. Mucho mejor —le dijo al sentir el calor de su cuerpo.

—Todavía no te parece suficiente —dijo él. Le sujetó las manos por encima de la cabeza y con la otra mano le arrancó el vestido.

La prenda quedó destrozada, pero a ella no le importaba. Solo le importaba lo que estaba pasando. Restregó los pezones contra el torso de Luca hasta que se pusieron turgentes y comenzó a mover las caderas. No podía permanecer quieta, así que rodeó su cintura con las piernas.

—¿Quieres más? —preguntó él.

—¿Me estás privando del placer a propósito? —preguntó ella.

Luca se rio.

—Como si me atreviera a hacerlo.

—No me hagas esperar —dijo ella.

Él la besuqueó en el cuello.

–Acabo de preguntarte si querías más –le recordó.

Por supuesto, no esperaba respuesta para esa pregunta.

Capítulo 10

EL VESTIDO estaba destrozado. No tenía sentido preocuparse por ello No iría al baile. Ese fue el último pensamiento de Callie, puesto que Luca hacía que pensar fuera misión imposible. Él le estaba haciendo el amor. No solo era sexo. Era maravilloso. Y feroz. Cuando llegó el momento, ella se volvió salvaje a causa del miedo que le producía el precipicio al que se enfrentaba, pero Luca la tranquilizó en su propio idioma y la besó mientras llegaba al clímax.

–Ansiosa –susurró él cuando ella se tranquilizó.

–Tú haces que me vuelva ansiosa –se quejó ella, sonriendo de felicidad antes de derrumbarse sobre su torso.

Luca la tomó en brazos y la llevó hasta la cama. Una sensación de que todo iba bien la invadía por dentro. Estaban hechos el uno para el otro. Él la tumbó sobre la cama y se colocó a su lado. Cuando él la abrazó, ella empezó a respirar más despacio y se quedó dormida.

Luca abrazó a Callie durante toda la noche, observándola mientras dormía y pensando en todo lo que tenía por delante. La transición no sería fácil para ella. Pasaría de tener una vida llena de libertades a las restricciones de la realeza, pero si alguien podía superarlo sería ella. Y él estaría a su lado en todo momento. Estaba seguro de que Callie se adaptaría a la vida real tan rápido como él. Era una mujer lista y amable, y su sentido del humor la ayudaría a superar los momentos malos. El sentido común la ayudaría en todo lo demás. Él no solo tendría el heredero que deseaba, sino a una princesa preocupada por la tierra que él amaba.

Con cuidado de no despertarla, se levantó al amanecer. Era habitual que tuviera reuniones durante el desayuno. Con el cabello alborotado, y el rostro sonrosado por el sueño, nunca había estado más deseable, pero él era esclavo del deber. Tanto el consejo real, como sus negocios privados, lo necesitaban. Y por la noche se celebraba el baile. Luca puso una mueca al ver el vestido que había estropeado. Había muchos más en la percha. Callie tendría que elegir otro vestido.

Callie despertó despacio. Al principio no sabía dónde estaba. Tenía la cabeza sobre un montón de almohadas con olor a lavanda y a sol. La cama era más dura de lo que ella estaba acostumbrada, el edredón más blando... y sentía que su cuerpo había sido muy bien utilizado. Respiró hondo y, poco a poco, lo fue recordando todo. Estiró la mano para buscar a Luca y se quedó paralizada al ver que él no estaba. Se sentó, y vio la huella de su cabeza en la almohada, así que no se había imaginado lo de la noche anterior. Era verdad que estaba en el palacio. En una de las habitaciones más elegantes que había visto nunca.

Oyó que llamaban a la puerta y rápidamente se cubrió con la sábana.

—¿Sí? —al ver el vestido roto en el suelo, añadió—. Un minuto —saltó de la cama, recogió el vestido y lo escondió bajo las sábanas—. Adelante —ordenó.

La doncella entró con la bandeja del desayuno. Había una rosa roja en un jarroncito de plata en ella.

–De parte de Su Alteza Real –le explicó la doncella–. Ha sugerido que descanse toda la mañana y se prepare para el baile.

«Quiere decir que me recupere», pensó Callie.

–Gracias por traerme el desayuno, pero pensaba levantarme –le dijo a la doncella.

–Ah, y esto ha llegado por mensajero –le entregó un paquete.

–¿Es para mí? –preguntó Callie con sorpresa.

Empezó a desayunar mientras la doncella abría las cortinas y la ventana. No podía esperar para abrir el paquete, pero quería hacerlo estando a solas.

–¿Necesita algo más? –preguntó la doncella antes de marcharse.

–Nada. Gracias.

Callie sonrió al ver el paquete. La escritura y el sello del Reino Unido desvelaba al remitente.

–Ma Brown, ¿qué has hecho ahora?

Lo que había hecho Ma Brown era ir de compras y buscar un vestido perfecto para que Callie pudiera llevar al baile. Callie se quedó boquiabierta al verse en el espejo con él encima. Era un vestido sencillo y elegante. Por fin, un vestido en el que se encontraría cómoda de verdad. Se daría una ducha y se lo probaría.

El vestido era de color crema y se pegaba al cuerpo de Callie como una segunda piel. No podía quedarle mejor. El diseño era muy parecido al vestido que ocultaba bajo la cama. Iría al baile, decidió mientras se ponía unos zapatos de tacón, y con un vestido que significaba mucho más para ella que todos los vestidos caros que colgaban en la percha. Descolgó el teléfono para darle las gracias a sus mejores amigas y sonrió con placer.

–Bueno, Ma Brown, esta vez sí que has triunfado

—murmuró mientras esperaba a que la llamara conectara.

Era la noche del gran baile y todos los invitados habían llegado, pero ¿dónde estaba Callie? Él no estaba acostumbrado a esperar. Esa noche, un retraso era inaeptable. Su doncella le había dado instrucciones estrictas acerca del horario. Los miembros de la realeza debían ser puntuales. Todo estaba preparado con precisión. Con impaciencia, Luca miró hacia la entrada por la que Callie debía entrar, y a los invitados que esperaban para saludarlo.

La habitación estaba animada y había mucha expectación. Nadie había rechazado su invitación al baile. Se rumoreaba que esa noche se iba a hacer un anuncio y todo el mundo estaba muy interesado. Luca sentía mucho amor y gratitud por la reforma que su padre, el difunto príncipe, había realizado en el edificio. El salón de baile estaba espectacular, iluminado con grandes lámparas de araña Una orquesta de músicos vieneses animaba el ambiente. Los camareros iban uniformados con pantalones negros y chaquetas blancas, trenzadas con los colores reales, y llevaban bandejas de oro con una gran selección de canapés que habían preparado los mejores cocineros del mundo. Había dos fuentes de champán y múltiples copas servidas en las mesas. Estaban representados casi todos los países y miembros de diversas realezas se mezclaban con diplomáticos y altos cargos del ejército. Seguramente se hablaría durante años de esa fiesta y todo el mundo se alegraba de ver cómo el chico de los barrios bajos se había convertido en príncipe.

¿Y dónde estaba ella?

No tenía excusa. Él le había encargado a su secretaria que convocara a las mejores estilistas para ayudar a Callie con los preparativos. No podía creer que hubieran fallado y no estuviera preparada a tiempo. ¿O sería que Callie pensaba que pasaría desapercibida si no iba?

Luca se encogió de hombros. Callie Smith era una mujer impredecible. Luca llamó a un mayordomo y le pidió que fuera a preguntarle a la doncella de la *signorina* Smith cuánto tiempo iba a tardar. El hombre se marchó deprisa, dejando a Luca furioso y en silencio.

«Ya está», pensó Callie, cuando dos mayordomos abrieron las puertas del salón. Ella les había pedido a las estilistas que se marcharan porque prefería prepararse ella misma y, un rato después, solo le quedaba enfrentarse a un salón lleno de gente. Respiró hondo, alzó la barbilla y avanzó con decisión.

—La *signorina* Callista Smith.

Callie miró a su alrededor cuando oyó que anunciaban su llegada al baile.

—Es usted, señorita —le susurró uno de los mayordomos.

—Gracias —susurró ella.

En esos momentos, todo el mundo giró la cabeza para mirarla. Incluso la orquesta dejó de tocar cuando ella se detuvo en lo alto de la escalinata de mármol. Los invitados parecían de piedra, y no muy acogedores. Callie sintió que se le secaba la garganta. Cerró los puños y rezó para que el hada de los zapatos de tacón la acompañara esa noche.

—Espera...

Todo el mundo se volvió para mirar a Luca. Su voz aligeró la tensión que sentía Callie. Ella lo miró mientras la gente se echaba a un lado para dejarlo pasar. Vestido de uniforme, con su banda de estado sobre el torso, era el hombre que ella recordaba, y que su cuerpo anhelaba. El hombre con el que había reído y dormido. El hombre con el que deseaba estar.

–¿Me acompañas? –preguntó él, mientras le ofrecía el brazo para que bajaran juntos las escaleras.

–Gracias –sonrió ella.

Todo el mundo estaba en silencio, como si nadie se atreviera a respirar.

–Estás preciosa –susurró él.

–Siento haber tardado tanto. La peluquera me dejó como un bicho raro, así que tuve que empezar de nuevo. Y no me preguntes por el maquillaje...

–Si no llevas nada.

–Exacto –murmuró ella–. Si me hubieses visto con pestañas postizas y colorete, habrías salido corriendo.

–¿Tú crees? –murmuró él, sin estar convencido.

Llegaron a la pista de baile y, a pesar de que todo el mundo los miraba, ella no dudó cuando Luca le pidió bailar. Con él se sentía segura.

La gente comenzó a comentar con interés.

–Puedo imaginar lo que están diciendo –dijo ella.

–¿Y te importa? –contestó él.

–No –le aseguró ella.–. Ojalá fuera descalza. Corres peligro de que te clave un tacón.

–No creo –susurró él.

Luca se rio. Ella se relajó, y el maravilloso baile continuó.

–¿De dónde has sacado ese bonito vestido? –preguntó él–. Es muy elegante. Y estás preciosa. No recuerdo haberlo visto en el perchero. Es deliciosamente sencillo, comparado con los otros vestidos que había.

–Ese es el secreto de su atractivo –le aseguró ella con una sonrisa–. Ma Brown –susurró ella.

–Bueno, venga de donde venga, no podías estar más atractiva.

–Gracias... Tú tampoco estás nada mal.

Ella estaba entre sus brazos, y eso era todo lo que importaba.

–¿Te parece sensual? –preguntó él.

–Es otro de tus eufemismos, ¿lo puedo interpretar como vamos a buscar un árbol apartado?

–Callie Smith –la regañó, susurrándole al oído.

–Me dejaste sola, me abandonaste, y ¿ahora no puedes saciarte?

–Correcto.

–¿No tienes escrúpulos?

–Apenas –confesó él–. Estoy pensando en llevarte a ver un cenador mágico.

–¿Para ver tus cuadros?

Él soltó una carcajada y se divirtió aún más al ver que la gente de alrededor estaba escuchando cada una de sus palabras. Sacó a Callie de la pista de baile y la guio hasta una puerta por la que se llegaba a una terraza que ocupaba todo el lateral del palacio. Incluso a esas alturas del año, las plantas seguían en flor y su aroma inundaba el ambiente. Habitualmente, él no se habría fijado en esas cosas, pero estar con Callie hacía que se volviera más sensible. Un camino llevaba hasta los jardines de césped, y al final había un lago con una isla en el centro. Las luces iluminaban la isla y, en el pequeño embarcadero, había un bote de remos.

–¿En serio? –preguntó Callie mirando su vestido y sus zapatos.

–¿Dónde está tu sentido de aventura? –preguntó él.

Callie se quitó los zapatos y aceptó la mano de Luca para subirse al barco.

–Solía escapar del palacio remando hasta la isla –le explicó él. Luca había dejado la chaqueta del uniforme y su pajarita blanca en la orilla, junto a sus zapatos. Se desabrochó la camisa, se sentó frente a Callie y agarró los remos.

–Comprendo por qué podía gustarte estar aquí solo –comentó Callie, acariciando el agua con los dedos–. El lago es muy bonito y tranquilo.

–Cuando era joven no me daba cuenta –admitió él–. Tardé un tiempo en confiar en el príncipe, mi padre, y, a veces, me sentía enfadado sin motivo y solo quería escapar. Ahora pienso que tenía miedo de decepcionarlo. En las calles solo había conocido algunos gestos de amabilidad y, el hecho de que él nunca abandonara su misión conmigo, me daba otro motivo para ponerlo a prueba.

–Es normal.

–Tuve mucha suerte –continuó remando y, al ver que Callie se fijaba en su torso musculoso, se puso impaciente por llegar al otro lado.

–¿Cómo vivías antes de que te encontrara el príncipe?

Él se encogió de hombros.

–Limpiaba los puestos del mercado a cambio de fruta estropeada, pan duro y queso mohoso. No comía mal. Iba vestido con harapos, pero me prometí que siempre lucharía por mejorar. Mi baño era el Tiber, y mi habitación mucho mejor de lo que muchos presumen.

–¿Qué quieres decir?

–Dormía en el Coliseo. Conocí a un miembro del equipo de seguridad y hacía la vista gorda cuando me acurrucaba entre las sombras del estadio.

–Haces que parezca romántico –dijo Callie, frunciendo el ceño–. En invierno debías congelarte.

–Era todo un reto –comentó–, pero evocador. Solía dormir en la casa del César en lugar de en las mazmorras donde las pobres víctimas esperaban su terrible destino. No poseía nada material –añadió–, pero sí mucha determinación. Y también la libertad para cambiar mi situación, y es lo que hice.

–¿Cuántos años tenías?

–Merodeé por las calles desde los cuatro años. Ahí fue cuando murió mi madre –explicó él–. Me echaron del burdel en el que ella trabajaba. Nadie podía perder tiempo cuidando de mí. Ahora pienso que estaba mejor yo solo. La clientela del hotel no era muy selecta a la hora de elegir de quién abusar, ¿no sé si me explico?

–Sí. ¿Y cómo conseguiste sobrevivir en la calle a los cuatro años?

–Había más niños en la calle. Ellos me enseñaron cómo conservar la vida.

– ¿Y cómo terminaste en el Coliseo?

–Muchos niños de la calle dormían allí. Yo veía los carteles turísticos que anunciaban ese maravilloso monumento y quería conocerlo. Entrar fue fácil. Me coloqué en la fila de turistas y entré sin más. Enseguida aprendí que, si fingía ser un niño perdido, los vigilantes me darían de comer. Funcionó hasta que empezaron a reconocerme, pero para entonces ya me habían tomado cariño y hacían la vista gorda. La gente que trabajaba en el Coliseo tampoco tenía mucho dinero, así que me guardaban comida de la basura. Había muchos restos de hamburguesas y perritos calientes para cenar. No recuerdo pasar hambre. El Coliseo era como un hotel, así que no sientas lástima por mí. Estaba bien. Era mi casa y mi escuela. Vi todo lo que te puedas imaginar durante el tiempo que estuve allí. Aprendí de sexo, de violencia, de robos, de maldad y de generosidad, también.

– ¿Recuerdas a tus padres? –preguntó ella.

–Nada que quiera recordar a propósito. Mi madre siempre estaba estresada y enferma. Ahora creo que estaba deprimida. No me sorprende, pero un niño no puede comprender por qué una persona se comporta como lo hace. Un niño solo sabe que tiene hambre, o miedo, y yo supe que tendría que defenderme por mí mismo mucho antes de que falleciera.

– ¿Y tu padre? ¿Lo conociste?

–Él apareció unan noche. Las compañeras de mi madre lo bombardearon con fruta podrida y cosas peores. Lo recuerdo en la calle, gritando hacia la ventana abierta de mi madre. Recuerdo su voz enfadada, su camisa blanca y sus pendientes dorados.

–No suena muy bien.

– ¿Quién sabe? –se encogió de hombros.

–Y ahora eres un príncipe con un país que gobernar y un palacio en el que vivir. Debe parecerte increíble, incluso ahora.

–No. Me parece lo correcto –dijo pensativo–. Si la suerte intervino en algo, fue en que conociera al príncipe, el hombre que cambió mi vida. Aunque no fue tan sencillo como parece –admitió–. Después de todo lo que había visto, no resultaba fácil impresionarme... Ni siquiera para el príncipe de Fabrizio.

–¿Cómo te convenció para que dejaras las calles y vinieras a vivir con él?

–Era un hombre paciente –dijo Luca–. Desde el momento en que me encontró robando comida de las basuras y de la mesa del bufet que habían preparado para su visita al Coliseo, decidió que intentaría salvarme. Eso me lo contó años más tarde.

–¿Y qué hizo respecto a tus robos? –preguntó Callie.

–Le pidió a su asistente que me buscara una bolsa para que no tuviera que esconder las cosas bajo mi camiseta.

–Qué bueno –dijo ella, sonriendo.

–Lo era –dijo él, y remó con más fuerza para llegar a la otra orilla.

Una vez allí, le dio las manos a Callie para ayudarla

a bajar. Él quería poseerla allí mismo. Tumbarla sobre la madera y hacerle el amor hasta que no tuviera energía para mantenerse en pie, pero esperar tenía su recompensa.

Era una isla pequeña. La hierba estaba fresca y espesa bajo sus pies descalzos. Callie se agarró el vestido y miró a su alrededor. Los árboles estaban iluminados por miles de lucecitas pequeñas con motivo de la fiesta. Entonces, ella vio el cenador del que él le había hablado.

—¿Aquí es dónde solías venir cuando estabas enfadado?

—¿Cómo lo sabes?

—Yo también he sido adolescente.

—Él se rio y estiró los brazos. Ella se sentía seguirá cuando él la abrazaba y sus besos siempre resultaban seductores. En aquella isla, todavía más. A veces, los cuentos de hadas se volvían realidad.

Él la tomó en brazos y caminó hacia la entrada del cenador. La dejó en el suelo y la apoyó contra la estructura de madera. La besó en la boca y sonrió.

—Cásate conmigo, Callie. Cásate conmigo para ser mi princesa.

Al principio, ella pensó que lo estaba imaginando. Que todo era un sueño, hasta que Luca repitió.

—Cásate conmigo, Callie.

Ella lo miró a los ojos, tratando de asimilar lo que él decía. Avergonzada, insegura, bromeó:

—¿No deberías estar de rodillas? ¿O al menos sobre una?

—Necesito una respuesta —dijo Luca, negándose a seguir bromeando—. Un simple sí, o un no, valdrá. ¡O es que estás ganando tiempo!

—No —dijo ella—. Solo busco lo mejor para mí corazón y para el futuro de nuestro hijo.

–Entonces, casarnos tiene sentido –insistió él.

–¿Tú crees? –frunció el ceño.

–Sabes que sí.

Sonriendo, Luca la besó de nuevo. Como Callie lo deseaba de verdad, decidió seguir creyendo en los cuentos de hadas.

Capítulo 11

ONFÍA en mí –dijo Luca, mientras la poseía despacio. Llevaban haciendo el amor sobre los cojines del cenador durante mucho tiempo–. Confía en mí –repitió para tranquilizarla.

– ¿No deberías regresar al baile? –preguntó ella, acurrucada contra su cuerpo.

–Si estás preparada, regresaremos –murmuró él, y la besó en lo alto de la cabeza.

– ¿Nos bañamos en el lago primero? –sugirió ella.

Nadaron, se vistieron y regresaron al barco de la mano. «Vuelta a la realidad», pensó ella, pero no podían desaparecer más tiempo.

–Damas y caballeros, tengo que anunciar...

En el momento en que la voz de Luca se oyó por los altavoces, todo el mundo se quedó en silencio.

–Sé que es casi medianoche, así que no voy a entretenerlos demasiado.

La gente ser rio al oír su comentario.

–Aprovecho esta oportunidad para presentaros a la mujer con la que tengo intención de casarme.

«No ha dicho a la mujer que amo», pensó Callie, enfadándose consigo misma por dudar todavía. Luca tuvo que esperar a que la gente se calmara.

–La *signorina* Callista Smith es una mujer excepcional, y me siento afortunado por haberla encontrado.

Mientras gesticulaba para que Callie avanzara hasta el centro de la pista, la gente comenzó a aplaudir.

–No hace falta decir –añadió Luca–, que todos recibirán una invitación para la boda. Ahora les invito a continuar disfrutando de la velada, mientras yo continúo celebrando con mi prometida.

Como por arte de magia, la orquesta comenzó a tocar un vals, y la pista de baile se llenó enseguida.

Callie recordó que todo saldría bien. Que se presentarían problemas, pero que los solucionarían. Luca tenía razón. Esa era la mejor solución. Fue cuando el reloj acababa de dar la medianoche, y Luca estaba hablando con uno de los embajadores, cuando todo cambió.

Ella había visto fotos de Max en varias revistas. En persona, era mucho más llamativo. Tan alto como Luca, pero muy diferente a él, algo que era de esperar puesto que no tenían parentesco de sangre. Y su comportamiento era completamente despótico.

Vestido de negro, con una banda de estado de color rojo, Max era el hombre más arrogante de la sala. Y se dirigía hacia ella acompañado de varios amigos, unos hombres que la miraban con desdén. Max iba agarrado del brazo de una mujer bella, que también iba vestida de negro y luciendo un montón de brillantes. «Con su diadema se podría pagar la deuda de muchos países», pensó Callie. Consciente de que era ella el objetivo de aquel grupo, alzó la barbilla y enderezó la espalda, encogiéndose por dentro cuando Max se detuvo frente a ella.

–Bueno, cariño –dijo él, mirándola fijamente mientras se dirigía a su compañera, que estaba visiblemente embarazada–, esta es la mocosa que mi hermano pretende poner en nuestro trono.

– ¿De veras? –preguntó su acompañante, mirando a Callie con desaprobación–. ¿Quién es? ¿Y de dónde ha sacado ese vestido?

Callie apretó los dientes y se contuvo para no responder. Los amigos de Max podían reírse todo lo que quisieran. No conseguirían alejarla.

–Quién sabe, querida –contestó Max–. Quizá lo compró en la misma tienda de baratijas donde consiguió el tinte para su ridículo color de pelo.

Mientras todos se reían, Callie se tocó el cabello de forma instintiva, y se arrepintió al instante.

–A menos no tengo una lengua cruel –comentó.

–Ah, sabe hablar –exclamó Max, mirando a sus amigos–. Imagino que aprendió en el *pub* de su pueblo.

Mientras Max y sus amigos reían a carcajadas, Callie se mostró impasible.

–Solo está por aquí porque está embarazada. Él está desesperado por tener un heredero, y supongo que se conforma con cualquier cosa. Seguro que le ha afectado verte embarazada. Ese es el motivo por el que ha elegido a esta chica. Está tratando de competir conmigo, ¿os imagináis?

–Pues ha fracasado –dijo uno de los amigos de Max.

–Es todo lo que hay –le aseguró Max a Callie, acercando su rostro al de ella–. No creas que te has ganado a un príncipe, y mucho menos, que esto es un cuento de hadas. Esto es una operación a sangre fría, cariño. Luca no te quiere. No quiere a nadie. Lo único que desea es un heredero. Es la única manera con la que espera conseguir el trono de Fabrizio. Lo pone en nuestra constitución. Tiene dos años para tener un bebé al menos, o yo ocuparé el trono. Tú no eres más que un vientre de conveniencia. ¿Nos vamos? –se dirigió a sus acompañantes–. Ya he tenido bastante. El estatus de los invitados a palacio ha bajado mucho. El casino nos espera. Unas partidas a la ruleta son más atractivas que todo lo que estos provincianos puedan ofrecer.

– ¿Se ha ido? ¿Qué quieres decir con que se ha ido? –Luca miró a Michel sorprendido. El hombre parecía desconcertado–. Tómate tu tiempo, Michel. Lo siento. No quería gritarte.

–La vi hablando con Max –le dijo Michel con tono de preocupación.

– ¿Qué?

–Dijiste que no querías gritar –le recordó.

–Tienes razón –lo tranquilizó poniendo una mano sobre su hombro–. ¿Y quién ha invitado a Max?

– ¿Acaso Max necesita invitación para visitar su casa familiar?

Max apretó los dientes. Debía haber imaginado que Max no respetaría el acuerdo de mantenerse alejado de Fabrizio.

– ¿Y dónde diablos se ha ido Callie?

–La vi salir corriendo por esa puerta hace menos de diez minutos –Michel señalo la puerta que daba al jardín del lago.–. Y eso ha sido justo después de hablar con Max.

– ¿Diez minutos? ¿La he dejado sola tanto tiempo?

–A veces resulta difícil librarse del embajador –dijo Michel–. Y Su Excelencia estaba más hablador que nunca.

Nada conseguiría calmar a Luca. Debería haberle dicho a Callie lo que significaba par a él. No se le había ocurrido que ella pudiera pensar que él quería un matrimonio de conveniencia.

¿Dónde podía haber ido? ¿A su dormitorio? ¿O habría tratado de regresar a la isla? Su corazón comenzó

a latir con fuerza al imaginarla en la barca de remo.
Navegar en la oscuridad resultaba fácil para él, ya que
llevaba toda la vida navegando en el lago y conocía
dónde estaba la zona de algas y las rocas traicioneras.
Si Callie tomaba la ruta equivocada, podía meterse en
un buen lío. No esperó para considerar sus opciones.
Atravesó la multitud y salió corriendo.

Llegó hasta la orilla. El barco no estaba. Y no había
rastro de Callie. Todo el mundo se había sorprendido
por el anuncio de la boda, y Max había vuelto para crear
problemas. Tenía que tomar una decisión. Callie, o el
futuro de Fabrizio. No había elección. Se quitó la ropa,
y se tiró al lago

Sintió un gran alivio al verla pasear por la orilla.

—Callie —la llamó mientras salía del agua. Se dirigió
hacia ella, la sujetó e hizo que lo mirara—. ¿Qué ocurre?
¿Qué ha pasado?

—Tú, eso es lo que ha pasado —sus ojos brillaban con
furia. Estaba dolida. Muy dolida.

Max lo sabía. Siempre había sido experto a la hora
de herir con palaras.

—Gracias por decirme lo mucho que necesitabas un
heredero —dijo ella con sarcasmo.

— ¿Qué quieres decir?

—Me han dicho que vuestra constitución lo exige, si
quieres mantener el trono —tenía los ojos llenos de lágrimas—. Habría sido más rápida a la hora de quedarme
embarazada.

—No seas ridícula. ¿Qué diablos te ha dicho Max?

—Solo la verdad. Que solo te habías acostado conmigo para tener un heredero.

—No nos hemos acostado —insistió él—. Hemos hecho
el amor.

—Puede —dudó un instante—, pero ¿cómo sé que es
verdad ahora que sé que tenías motivos?

– ¿Por qué no puedes creer en ti misma, Callie? ¿Por qué no crees en lo mucho que te necesito?

–Porque te viene bien tenerme a tu lado. Un vientre de conveniencia, así me llamó Max. Dice que tu principal preocupación es construir una dinastía.

–Mi principal preocupación eres tú.

–Yo no lo siento así, Luca. Hiciste el anuncio de nuestra boda sin preguntarme primero, sin darme la oportunidad de pensar en qué me estoy metiendo. Mi difunto padre solía decirme lo que yo podía y no podía hacer, y te prometo que nunca volveré a caer en esa trampa.

–Esto no es una trampa. No estás pensando con claridad, Callie.

–Estoy pensando perfectamente –soltó ella–. Es una pena que no haya pensado con claridad desde el principio.

–Son tus hormonas las que están hablando por ti.

–Ni te atrevas –le advirtió ella–. ¿Cuál era tu plan, Luca? ¿Nos casamos, tengo al bebé, y después nos organizan un divorcio? No tienes mucho tiempo ¿no? El embarazo tiene cuenta atrás, igual que la constitución de Fabrizio, o eso me ha dicho Max. Esta noche tenías la oportunidad perfecta para anunciar nuestro compromiso. Imagino que nos habríamos casado hacia finales de mes, de forma que todo hubiera terminado cuando mi embarazo se haga evidente.

Él no podía discutir. Muchas cosas de las que ella decía eran ciertas, pero cuando descubrió que Callie estaba embarazada, los sentimientos que experimentó eran reales. Un bebé. Un hijo. Una familia. Todo con lo que siempre había soñado estaba a su alcance. Para ser un hombre acostumbrado a ignorar sus emociones, se había quedado abrumado, y no solo porque Callie iba a proporcionarle su tan ansiado heredero. Ella sería su esposa perfecta.

– ¿Por qué te parece tan horrible convertirte en mi esposa?

–Si no lo sabes, yo no puedo decírtelo –dijo ella con tristeza–. Te sugiero que te olvides de mí y que le pidas a una de esas princesas que sea tu esposa. Encontrarás muchas sustitutas.

– ¡Mujer exasperante! No quiero una sustituta. Te quiero a ti.

–No puedes tener todo lo que quieras, Luca.

– ¿Me estás diciendo *no*? –preguntó con incredulidad.

–Así es.

–Pero te convertirás en princesa.

–¿De qué? Lo único que me ofreces es un puesto temporal, una vida vacía en un país extraño con un hombre que solo me quiere por mi capacidad reproductiva.

–Eso es lo que dice Max. No le hagas caso.

–Yo no quiero eso para nuestro hijo –dijo ella, ignorándolo–. Y no quiero ser princesa en un matrimonio sin amor. No podré acurrucarme contra una corona por la noche, prefiero irme a casa con mi bebé.

–Eso no es tu elección –dijo él, con un tono muy distinto.

– ¿Me estás amenazando?

–Te estoy recordando que llevas al heredero de Fabrizio en el vientre, y que ni tú ni yo podemos cambiar eso.

–Y menos mal –susurró ella, palideciendo–, pero hay algo que puedo hacer.

– ¿El qué?

–A menos que intentes retenerme por la fuerza,

puedo regresar a casa para Navidad, para estar con mis amigos de confianza. Confié en ti y abusaste de mí. Y esta noche me he enterado de que también utilizaste mi cuerpo.

– ¿Qué? ¡Nunca! ¿No nos conocemos mejor que todo esto? Sí, al principio nos dejamos llevar por la pasión. Y sí, tu embarazo me ha venido bien. No lo niego, pero significa mucho más para mí. Tú significas mucho más. Todavía estoy tratando de asimilar lo que siento por ti... Te respeto, y siempre te respetaré –dijo él–. Por favor, piensa lo que significaría que te convirtieras en mi esposa.

–Ya lo he hecho –le aseguró Callie–, y no es lo que quiero.

–¿Qué es lo que quieres?

–Quiero amor y respeto mutuo –dijo ella–. Quiero una amistad que nos haga sonreír a los dos, y que compartamos una firme confianza. Quiero honrar al hombre que es mi amante, mi amigo y el padre de mi hijo. Y que él me honre a mí. Y quiero mi independencia. He luchado demasiado como para perderla ahora.

–La tendrás si eres mi esposa –comentó él.

–¿Y como tu princesa? He pasado mucho tiempo encerrada y no cambiaré una jaula por otra, por muy grande y estupenda que te parezca. Tampoco es lo que quiero para nuestro hijo. Quiero que todos seamos libres. Sé que soy fantasiosa, y que quiero demasiado. Debería haberme dado cuenta desde un principio.

–¡Callie!

–No. No intentes detenerme –dijo ella, mientras corría hacia el lago–. No deberíamos estar juntos. Max tiene razón. No puedo casarme con un príncipe... Esto ha terminado –comentó, tratando de liberarse cuando él la agarró.

–No tiene por qué terminar aquí –comentó él, sujetándola.

–Sí –se retorció con fuerza y se soltó–. Adiós, Luca.

–Pero... Te quiero.

Ella se detuvo en la orilla del lago. Él no sabía si tenía intención de nadar o remar para volver. Solo sabía que estaba furiosa.

–¿Me quieres? –dijo ella–. ¿Y no se te ha ocurrido decírmelo antes de esta noche? Parece que estás desesperado por retenerme aquí.

–Estoy desesperado, pero no por los motivos que crees. Significas más para mí de lo que te imaginas, más de lo que Max puede comprender.

Ella negó con la cabeza.

–Tenías que estar seguro de mí, ¿no, Luca? Por eso hiciste el anuncio de nuestra boda delante de tantos testigos.

–No me estás escuchando, Callie. Te quiero. Y tienes razón, debería habértelo dicho mucho antes, pero no lo sabía ni yo. No reconocía los síntomas –admitió–. No estoy familiarizado con el amor.

–¿Tu padre no te quería? –lo retó enojada.

–El príncipe me quería, pero no fue fácil para mí confiar en él y llegar a quererlo también, no tan pronto como él quería.

–Debió ser un hombre paciente.

–Lo era.

–Luca, que sepas que nada me hará cambiar de opinión. No quiero esperar a que tú descubras tus sentimientos. Quiero al niño que hizo su casa en el Coliseo, y que soñó con lo que se convirtió un día. Quiero al hombre que consiguió que eso sucediera. No te atrevas a poner tu pasado como excusa. Yo no lo he hecho.

Eso era verdad. Ella lo avergonzó.

–¿Cómo puedo demostrarte que te quiero?

–Dejándome marchar –dijo ella, con su franqueza habitual.

De regreso en casa de los Brown, el dolor que Callie sentía en su corazón por la ausencia de Luca era como el de una gran herida que no terminaba de cerrar. Ni siquiera los espectaculares preparativos navideños de la familia Brown servían para calmarlo. Ver a Anita otra vez, la había ayudado. Callie sonrió y miró a su amiga de los limoneros, que estaba al otro lado de la habitación. Anita se había vuelto una visita habitual en casa de los Brown. A cambio, Callie había convencido a Anita de que buscara un trabajo cerca de la casa de los Brown, donde ellos le habían alquilado una habitación. Ellos siempre agradecían que los ayudaran con los niños más pequeños, y Anita no estaría sola nunca más. Anita tendría una nueva familia, siempre que aguantara el ruido y el caos. Y Anita era perfectamente capaz de aguantarlo, así que había encajado muy bien.

–Vamos, Callie –insistió Ma Brown desde el recibidor–. Anita, necesito que me ayudes en la cocina, y Rosie, Callie y tú todavía tenéis que colgar las cadenetas.

–Y hacerlas –señaló Rosie, mientras miraba los papeles sin recortar–. Vamos, te ayudaré –arrodillándose junto a Callie, Rosie esperó a que su madre saliera de la habitación antes de rodear a su amiga por los hombros–. Se que no has dicho nada delante de la familia, pero no puedes seguir ocultándolo. Y tampoco puedes seguir negándote a hablar con él –añadió Rosie–. Si el príncipe Luca viene a Inglaterra a verte...

–¿Sabes alguna cosa? –preguntó Callie.

–No exactamente –admitió Rosie–. Solo digo que, si apareciese Luca, deberías verlo.

–No tengo que ver a nadie –contestó Callie, pero el corazón le latía tan deprisa al pensar en volver a ver a Luca que apenas podía respirar. ¿Estaría en el país? «Donde hay humo, hay fuego», pensó mirando a Rosie. Y esta desvió la mirada.

–Será mejor que terminemos con las cadenetas –dijo Rosie, actuando como si la falta de decoraciones fuera el único problema–. Si no, nos caerá la bronca.

Capítulo 12

CALLIE se quedó paralizada. Acababan de sentarse para disfrutar de un gran banquete navideño cuando llamaron a la puerta con decisión.

–Iré yo –dijo Pa Brown, cuando Callie se movió para levantarse de la silla.

–Dejad que vaya –comentó Ma Brown–. Sea quien sea, hoy no podemos dejar a un extraño en la puerta.

«No es un extraño», pensó Callie, estremeciéndose al oír la voz de Luca. El ambiente cambió de forma repentina. El príncipe Luca de Fabrizio estaba en la puerta. Era el visitante estrella de la Navidad en casa de los Brown. Por un momento, miró a Callie fijamente. Su mirada mostraba más candor, pasión y decisión de lo que ella podía soportar. Fue un alivio cuando él se giró para saludar a los demás.

–Esto es maravilloso –exclamó Luca, y respiró hondo mientras Pa Brown lo ayudaba a quitarse la chaqueta–. No sabía lo hambriento que estaba hasta que no he olido la deliciosa comida –miró a Callie antes de sonreír a Ma Brown–. ¿Tienes espacio para uno más?

–Por supuesto –exclamó Ma Brown, levantándose de la mesa.

Vestido con un jersey de punto fino y unos vaqueros ajustados, Luca estaba muy atractivo. Callie no pudo evitar recordar cómo la había rodeado con sus muslos mientras hacían el amor, y el deseo que sentía hacia él aumentó cuando sus miradas se encontraron. El corazón empezó a latirle con fuerza. Ella no se había dado cuenta de cuánto lo había echado de menos. La nieve salpicaba su cabello oscuro, provocando que centelleara. Si ella no lo hubiera visto antes y alguien le hubiera dicho que era un boxeador, lo habría creído. Desde luego no coincidía con su idea de príncipe azul, pero los cuentos de hadas habían quedado atrás. El deseo sexual emanaba de su cuerpo, aunque su mirada estaba llena de cariño hacia los Brown y hacia Anita.

–¿No te conozco de Italia? –le preguntó a Anita.

–Sí, Alteza –admitió Anita sonrojándose.

–Llámame Luca –dijo él–. Ya conoces las normas.

Mientras Anita y Luca se reían, Callie pensó en lo cálido y atractivo que era.

–Espero no molestar –dijo él, al ver que todos los Brown lo miraban boquiabiertos.

–Para nada –lo tranquilizó Pa Brown.

–Bien –contestó Luca–, porque he venido a buscar a mi prometida.

Los pequeños miraron a Luca mientras el resto continuaron con sus cosas como si no pasara nada. Callie se movió primero. Echó la silla hacia atrás y dejó la servilleta. De no haber sido porque Luca tenía la mano sobre su hombro, se habría marchado de la habitación y se habría llevado a Luca con ella. ¿Qué derecho tenía a entrar ahí como si fuera un señor feudal, interrumpiendo el magnífico ambiente navideño, y reclamarla como su esposa?

–Tranquila –murmuró Pa Brown.

Todos permanecieron en silencio, fingiendo estar concentrados en la comida. Callie se sentó de nuevo.

–Puedes sentarte en mi silla a cambio de que me des una vuelta en tu deportivo –dijo el pequeño Tom Brown.

–Me parece un buen trato –convino Luca.

–Me llamo Tom –dijo el pequeño, mientras Luca y él chocaban los puños.

–Vamos, correos un poco –dijo Ma Brown–. Haced hueco para el príncipe.

–Esa es una frase que no se oye todos los días –comentó Pa Brown, y recibió una dura mirada de su esposa.

Durante unos instantes, se dedicaron a colocar las sillas y a sacar platos y cubiertos para el príncipe.

–Os envidio –comentó Luca cuando todos se sentaron de nuevo a cenar.

–¿Nos envidia? –preguntó Pa Brown, y recibió otra mirada de Ma Brown.

–¿Quieres más salsa para la carne, Luca? –intervino ella.

–Sí, por favor.

Después de que Ma Brown marcara el tono de la conversación, todos continuaron comportándose como si el príncipe fuera un vecino más. La comida podía haber sido muy tensa, pero con Luca relajado y con Anita y los Brown siendo tal y como eran, todo resultó muy agradable.

–¿Y cómo es ser un príncipe? –preguntó el pequeño Tom.

–Se está muy ocupado –dijo Luca.

–¿Tienes que sonreír a la gente que no te cae bien? –preguntó otro de los niños.

–Se llama diplomacia –intervino Pa Brown–. Algo que todos deberíais aprender.

–No, tiene razón –intervino Luca–. Por eso me resulta tan agradable estar aquí –miró a Callie y ella arqueó una ceja.

–¿No tenías otro sitio para ir en Navidad? –preguntó Tom.

Luca sonrió.

–Tenía otros sitios, pero ninguno tan especial como este.

–¿Postre? –preguntó Ma Brown.

–Sí, por favor –repuso Luca–, pero primero... –miró a Callie y después se volvió hacia la puerta.

–Por supuesto –convino Ma Brown–. Os guardaré el postre para los dos.

Callie no estaba segura de cómo se sentía. No tenía muchas ganas de perdonar a Luca, pero sabía que debían hablar.

–Ahora ya lo sabes –dijo ella. Se había abrigado para salir y estaba sentada en el deportivo rojo de Luca.

–¿Qué es lo que sé? –preguntó él, mientras arrancaba el motor.

–De dónde vengo.

–Eres afortunada. Es maravilloso. Son las mejores navidades que he tenido.

–Y todavía no han empezado –dijo Callie–. Espera a que empiecen los juegos de salón.

–¿Juegos de salón?

–A lo que la gente solía jugar antes de que existiera la televisión.

–Parece interesante.

–Dijiste que me darías tiempo, Luca –le recordó ella, mientras él avanzaba en el tráfico.

–¿Cuánto tiempo necesitas?

–Más.

–Me temo que no es posible. Hay otros sitios donde debo ir.

–Dijiste que me dejarías marchar.

–No dije que no vendría a buscarte.

Callie negó con la cabeza.

–Pertenezco a este lugar.

–También a los limoneros. Y al hotel de cinco estrellas, aunque no quieras creerlo. Los empleados del hotel te adoraban. Perteneces allí donde quieras estar. Tienes una actitud positiva ante la vida que contagia a los demás. Por eso te quieren. Por eso te quiero yo, y deseo que seas mi esposa.

–Y la princesa real y madre de tu hijo.

–Entones, vas a creer a Max y no a mí.

–Tomo mis propias decisiones. Esto no tiene nada que ver con Max.

–A quien le hemos recordado que había aceptado mantenerse alejado de Fabrizio –le explicó Luca–. Por si estabas preguntándotelo.

–Para aquí.

–¿Qué?

–Aquí –insistió ella–. Hay un parque. Podemos pasear.

Luca miró a su alrededor.

–Tenía pensado llevarte a un lugar más romántico.

–Es una cuestión de tamaño –insistió Callie–. Esto está bien. Puede que este trozo de hierba no te parezca demasiado, pero aquí lo apreciamos tanto como tú aprecias los parques reales.

–Yo no jugaba en los parques reales cuando era niño –le recordó Luca mientras aparcaba. Salió del coche y se acercó a la puerta del copiloto para ayudarla a salir.

Se dirigieron a la entrada del parque y ella sintió un nudo en la garganta cuando él comentó:

–Me niego a creer que no sepas que lo que hay entre nosotros es maravilloso.

–Eres príncipe –protestó ella.

–Soy un hombre –la sujetó por el cuello del abrigo y la atrajo hacia sí–. Y este hombre sabe que estamos hechos el uno para el otro. No obstante, aunque yo te lo he contado, tú no me has dicho nada.

Callie alzó el rostro y miró a Luca.

–¿Por qué quieres casarte conmigo si puedes elegir a cualquier princesa del mundo?

–Yo no paro de hacerme la misma pregunta –admitió Luca.

–Esto no es divertido –dijo ella.

–Lo sé –dijo él–. Solo se me ocurre que el amor no tiene motivos. O lo sientes, o no.

Se habían detenido delante del quiosco de música, donde esa misma mañana ella había cantado villancicos con los Brown y la banda de música local.

–Ya sé por qué no confías fácilmente, Callie. Tuviste una vida difícil con tu padre. Ma Brown me lo contó por teléfono.

–No debía haberlo hecho.

–Sí, debía. Ella se preocupa por ti, y los Brown pensaban que yo debía saberlo. Al ver que no contestabas mis cartas, me puse en contacto con ellos. Me dijeron que me mantuviera alejado y te diera tiempo para asimilarlo todo. ¿Ha funcionado? –preguntó con una sonrisa.

–Y sobre el amor –dijo ella–, ¿a qué conclusión has llegado?

Él se quedó pensativo un momento. He llegado a la conclusión de que el amor no es algo racional, y no hay respuesta para ello. Solo hay... –se acercó a ella y la besó, primero con delicadeza, después de manera apasionada hasta que acabaron besándose como si fueran las dos últimas personas de la tierra.

Era como si estuvieran descubriéndose otra vez.

–Te he echado de menos –suspiró ella.

–Ni te imaginas –murmuró Luca, mientras le retiraba un mechón de pelo del rostro–. Cuando digo que quiero saberlo todo acerca de ti, no me refiero a lo que me has contado de tu pasado, sino a toda la verdad, a las cosas buenas y as malas. Quiero enfrenarme contigo a los triunfos y a los fracasos, para poder compartir emociones. Yo todavía estoy aprendiendo, pero debo cambiar en honor a mi país, y sobre todo por ti. Si no conocemos la tristeza, ¿cómo vamos a reconocer la felicidad? Y si no conocemos el arrepentimiento, ¿cómo vamos a planificar el futuro? Cuéntamelo todo –insistió él–. Lo sabré si te estás conteniendo.

Callie se quedó pensativa unos instantes y comenzó a hablar de su madre.

–No la recuerdo... Mi padre me culpaba de su muerte. Se murió en el parto –le explicó Callie–. Y él podía haber sido mucho más –dijo ella, pensando en su padre.

–Nada de eso es culpa tuya –insistió Luca. Le agarró las manos y se las besó–. No hace falta que me cuentes lo duro que has trabajado. Tus manos hablan por ti.

Callie soltó una risita. No tenía manos de princesa. Estaban marcadas por el tiempo que había estado fregando suelos en el *pub*. No obstante, eran parte de su persona, y prefería tener esas manos que las de tez pálida que había visto en el baile.

–¿Cómo era tu vida antes de que muriera tu padre? –le preguntó Luca.

–Mi vida siempre ha sido buena, gracias a los Brown. Bueno, en su mayoría... Aunque si no hubiera tenido cerca a los Brown... –no soportaba pensar en ello.

–Los buenos amigos no tienen precio –convino Luca–. Ahora lo que tienes que preguntarte es qué quieres de la vida a partir de este momento.

«A ti», pensó ella, pero sin complicaciones. Y eso, sabía que era imposible.

–Me gustaría que la vida fuera más sencilla –dijo ella–. Me gustaría que pudiéramos volver a trabajar a los huertos de limones, donde pensaba que los dos éramos temporeros.

–Somos las mimas personas que entonces.

–Aunque tú ahora eres príncipe –dijo Callie.

–Soy un hombre enamorado de ti.

¿O enamorado de la idea de seguir teniendo buenas

relaciones sexuales con la mujer que lleva a su hijo en el vientre?

–Es que no sé si podría funcionar –dijo ella–. Lo de la princesa, quiero decir –alzó la barbilla y miró a Luca–. Pertenecer a la realeza me parece que puede ser muy agobiante.

–No una vez que aprendas a ponerte la diadema –dijo él–. Estoy seguro de que pronto le tomarás el gusto.

Ella lo miró fijamente.

–Tengo casas por todo el mundo, y allí podremos estar solos todo el tiempo que quieras. También tengo un súper yate para poder escapar.

–Para ti todo esto es normal, pero para mí es una locura.

–¿Y?

–Y, no gracias.

–Piénsalo bien.

–Ya lo he hecho.

–Comprendo que es un gran compromiso para ti. La mayor parte de la gente aceptaría casarse con alguien de la realeza sin pensárselo dos veces. Tú no eres así, Callie. Eres diferente, retadora y auténtica, por eso te quiero a mi lado.

–¿Son cumplidos? ¿O tratas de decirme que ayudo a que mantengas los pies en la tierra?

–Ese no es el motivo por el que te quiero –le aseguró Luca–. Y para que lo sepas, debo aclararte que tú no tendrás los pies en la tierra mucho tiempo.

–Entonces –murmuró Callie, cuando regresaron al coche–. Me quieres.

–Así es.

–Y quieres casarte conmigo.

–Correcto.

–¿Y no solo porque estoy embarazada del que será tu heredero?

Luca suspiró.

–He de admitir que cuando te encontré por primera vez, encajaba en mis planes.

–Necesitabas un heredero.

–Sí. Y buen sexo.

–Luca...

–Regularmente.

–Eres imposible.

–¿En serio? –preguntó él–. ¿Quieres saber qué es lo que quiero? Una familia como la de los Brown.

–¿Con catorce hijos?

–¿Uno cada vez? No está tan mal.

–Para ti puede que no –dijo Callie, conteniendo una sonrisa–. Callie la del barrio, la princesa de Fabrizio.

–Callie la de los limoneros, y mi querida esposa –añadió Luca, mientras arrancaba–. ¿Cuál es tu respuesta?

–La misma de antes –dijo ella–. Sigo necesitando tiempo para pensar

–Lo que necesitas es tiempo para asumir que tienes todo lo necesario para ser mi princesa. Te doy hasta que lleguemos a casa de los Brown, y allí quiero tu respuesta.

–¿Y si la respuesta es *no*? –insistió ella.

–Tendremos que tratar con abogados en un futuro.

Ella palideció.

–Parece una amenaza.

–Es la única opción práctica que se me ocurre. O si lo prefieres, puedes darme tu respuesta ahora.

Cuando se detuvieron frente a la casa de los Brown, él percibió que Callie estaba muy tensa. La ayudó a salir del coche y la agarró de la mano para acompañarla a la puerta. Cada vez que hablaban, aprendía algo nuevo de ella, y lo que había aprendido esa noche confirmaba su idea de que no eran tan diferentes. Callie era sincera y todavía se estaba recuperando de las heridas de su niñez. Él había tenido mucha suerte al conocer al príncipe en el Coliseo, y Callie había tenido suerte al rascar la tarjeta y poder viajar a Italia. Era extraño cómo el destino ponía en funcionamiento las cosas. La experiencia le había enseñado que a veces había que dejarse llevar.

–Pasad, pasad –Pa Brown los animó a entrar nada más abrir la puerta.

Luca vivía en un palacio rodeado de sirvientes, pero no bromeaba cuando dijo que envidiaba a la familia Brown. Era el tipo de familia con la que había soñado desde que era niño. Callie y él entraron justo cuando la familia Brown empezaba a abrir los regalos y había risas y bullicio. Los niños y los perros corrían de un lado a otro, mientras Anita intentaba recoger el papel de regalo que volaba por los aires. Rosie estaba tratando de convencer a los Brown de que no abrieran sus *crackers* antes de estirar de ellos, para descubrir qué regalo contenían.

–Hemos salvado vuestros *crackers* –les explicó a Callie y a Luca.

–Y yo os he guardado dos platos de tarta de ciruela –añadió Ma Brown desde la puerta.

–Me gustaría hablar un momento con Ma y Pa –dijo Luca.

Se hizo un gran silencio. Todo el mundo se volvió para mirar a Callie. Ella se encogió de hombros.

–Por supuesto –dijo Pa Brown, y miró a su esposa–. Ven a la cocina, Luca. ¿Quieres que Callie nos acompañe?

–No. Es algo que quiero preguntaros a vosotros. Tiene que ver con Callie, pero ella ya lo sabe.

–Ah, ¿sí? –preguntó Callie.

–A estas alturas deberías saber lo que siento por ti –insistió él, y la besó delante de todo el mundo.

Antes de que él pudiera marcharse a la cocina, el pequeño Tom dijo:

–Necesitarás esto... –le entregó un anillo de plástico azul que había salido en su *cracker*.

–Gracias, Tom. No podías habérmelo dado en mejor momento –guardó el anillo en el bolsillo del pantalón y se marchó para hablar con los Brown. Cuando regresó, se arrodilló a los pies de Callie–. ¿Me harás el gran honor de aceptar este anillo que ha elegido para ti el *signor* Tom?

–Estoy abrumada –admitió Callie, riéndose.

–Pues acéptalo –murmuró él–, o no seré responsable de mis actos –cuando los más pequeños comenzaron a vitorear, él se puso en pie y colocó el anillo en el dedo de Callie. Ella no dijo nada durante unos instantes, y después se rio y rodeó a Luca por el cuello. Todo el mundo aplaudió.

–Habrá una boda en Navidad –exclamó Ma Brown entusiasmada.

–Un poco tarde para Navidad, Ma. Tendrá que ser en Año Nuevo –dijo Pa Brown, quien debería saber que nunca ganaría una discusión.

–Te equivocas –le aseguró Ma Brown–, porque en Fabrizio se celebra la Navidad en enero. ¿A qué sí, Luca?

–Más o menos, señora Brown.

–Aun así, no queda mucho –dijo Ma Brown–, pero suficiente, si conozco bien a Callie.

–Conoces a Callie –comentó Luca, dándole a Ma Brown un gran abrazo–. La conoces mejor que nadie, excepto yo.

–Acepto –dijo Ma Brown, mientras Callie entornaba los ojos con desaprobación.

–¿Cuánto tiempo lleváis conspirando vosotros tres? –preguntó Callie, arqueando una ceja y mirando a Luca antes de mirar a Ma y Pa Brown.

–Cuatro –intervino Rosie–. No te olvides de mí.

–Y tú... –Callie se estaba riendo cuando Luca la tomó en brazos y la volteó. Una maniobra peligrosa en una habitación llena de Browns y Anita. Después, la besó en la boca.

–¿Has guardado mis cartas? –le preguntó nada más dejarla en el suelo–. Estaba pensando que a lo mejor te gustaría leerlas ahora.

–¿Leerlas ahora? –preguntó Rosie–. El papel está casi desgastado. No dejes que Callie te engañe, Luca. Eres el amor de su vida.

Epílogo

HACÍA mucho frío en el norte de Inglaterra. Los copos de nieve caían sin parar, ralentizando el tráfico y amortiguando el ruido de los cascos de los caballos que tiraban de la carroza que recogería a Callie en casa de los Brown. Para contrastar las gélidas temperaturas, todas las casas estaban iluminadas para celebrar la Navidad y el Año Nuevo. En la ciudad las tiendas estaban decoradas con estrellas y renos que tiraban del trineo de Papá Noel.

Callie estaba segura de que nunca volvería a haber una boda como aquella. Iba a casarse con Luca en el barrio donde se había criado y acompañada por sus mejores amigos, la familia Brown. También asistirían la casera de la tienda de Blackpool, Anita, y María y Marco, que habían viajado desde Italia. Llevaba un vestido que había elegido Ma Brown con ayuda de Rosie. Era de color marfil y se amoldaba a su cuerpo como una segunda piel, algo que no sucedería durante mucho tiempo. Mientras Rosie le arreglaba el velo, Callie se acarició el vientre.

La ceremonia sería sencilla y tendría lugar en la iglesia local. Después harían una pequeña celebración en casa de los Brown. Callie quería que los amigos cercanos supieran lo importante que era esa familia para ella, y que cuando se convirtiera en princesa y viviera en el palacio de Fabrizio, ellos siguieran formando parte de su vida. Después, y en relación con la vida de la realeza, Callista Smith se casaría con el príncipe Luca de Fabrizio en una gran ceremonia que se celebraría en la catedral del país un par de semanas después.

–Estás preciosa –dijo Pa Brown mientras se ocupaba de la joven que él consideraba una hija–. Me sentiré orgulloso de entregar tu mano, aunque solo la voy a prestar –dijo con el ceño fruncido–. Quiero que sigamos en contacto, Callie, y que nunca pierdas de vista tus raíces.

–Nunca lo haré –prometió ella, y besó a Pa Brown un beso en la mejilla–. Tenéis que venir a visitarme a Fabrizio a menudo.

–Solo si allí podemos ver los partidos –dijo Pa Brown

Salieron de la casa hacia la calle nevada. Callie comenzó a reírse al ver que resbalaba.

–No es muy buen principio –admitió–, pero hoy nada podrá estropear el día.

Hacía un día muy navideño, con el crujido de la nieve al pisarla y los petirrojos cantando en los árboles. Luca había insistido en que debía llegar a la iglesia en carro de caballos y ella agradecía que le hubieran puesto una bolsa de agua caliente bajo la manta del asiento. Dos preciosos ponis con manchas grises y plumas blancas enganchadas en la cabeza la esperaban pacientemente para llevarla a la iglesia. De las riendas colgaban campanillas que sonaban con cada paso. La gente se paraba a mirar y saludaba con aprobación al ver a la chica del barrio que iba a convertirse en princesa.

«No cambiaré nunca», pensó Callie. Siempre sería Callie la del barrio y Callie la de los limoneros. Lo único importante era el amor y la amistad, y el hombre que la esperaba dentro de la iglesia.

Luca se sintió orgulloso cuando se volvió y el órgano comenzó a tocar la marcha nupcial. Ella nunca había visto a alguien más atractivo en su vida. Con un sencillo traje negro, sin ninguna condecoración oficial, ni la banda con la insignia, Luca no podía estar más atractivo. «¿Qué más puedo pedir?», pensó ella mientras Pa Brown le entregaba su mano a Luca.

–Puede besar a la novia.

–Puedo besar al amor de mi vida –susurró Luca, de forma que solo Callie pudiera oírlo–. La única princesa que necesitaré nunca.

–La única princesa que tendrás –bromeó ella, antes de besarse. Callie miró el anillo de diamantes que Luca le había regalado, diciéndole que no podía reemplazar al anillo de plástico azul, pero que esperaba le gustara. ¿Que si le gustaba? ¡Le encantaba! Y le había dicho que tendría otro anillo más adelante.

–Cuando nos casemos en Fabrizio te regalaré un anillo hecho de oro de Fabrizio.

–El anillo de plástico azul era suficiente para mí –le había asegurado ella–. Lo que siento por ti está en mi corazón.

Cuando salieron de la iglesia agarrados de la mano, Luca se volvió hacia Callie bajo el arco decorado con lazos de seda y rosas blancas y le colocó la capa nupcial sobre los hombros.

–¿Estás calentita?

Ella lo miró de reojo.

–¿Me lo preguntas en serio?

Estrechándola contra su cuerpo, Luca le dio la respuesta que necesitaba con un beso que la ayudó a entrar en calor.

Michel, el asistente de Luca, se había asegurado de que se cumpliera el protocolo durante la segunda ceremonia que celebraron en Fabrizio, pero la magia, como siempre, la llevaron los Brown. Callie solo sabía que necesitaba a un hombre para que su día de boda fuera perfecto, y él acababa de entrar en su suite del palacio, cuando ella acababa de salir de la ducha y estaba desnuda, pero cubierta con un albornoz.

—No deberías estar aquí –susurró ella, mirando hacia la puerta para comprobar que estuviera cerrada.

—¿Por qué? –preguntó Luca, rodeándola por la cintura–. No llevas tu vestido de novia, ¿no?

—Exacto –exclamó Callie, estremeciéndose de deseo mientras él la besuqueaba junto a la oreja. Luca estaba muy atractivo vestido con una camiseta blanca y unos vaqueros.

—¿Has decidido no afeitarte? –lo regañó ella al sentir su barba incipiente.

—Sé que te gusta que pinche –murmuró él, besándola en los labios.

—Tienes que parar –dijo ella.

—¿O no serás responsable de tus actos?

—Algo así –convino ella, mientras Luca le acariciaba el contorno de los pechos.

—¿Sabes cuánto tiempo ha pasado desde que hicimos el amor?

—¿Demasiado?

—Eso es –confirmó él–. Al menos una hora. ¿Qué es esto? –preguntó él, y estiró de una cadena de oro que desaparecía entre los senos de Callie.

—¿Mi cosa azul?

—El anillo de plástico –exclamó él, sonriendo–. Espero que no te importe que hoy lo sustituya por algo más sustancial.

Callie sintió que se le aceleraba el corazón. ¿Qué tipo de anillo tenía que llevar una princesa?

—Mientras no sea demasiado llamativo.

Luca frunció el ceño.

–Me temo que no puedo prometértelo.

Y era imposible que Callie no se quedara impresionada. De hecho, se quedó sin habla cuando vio el anillo de diamantes que Luca había sacado del bolsillo trasero de sus pantalones vaqueros. La piedra azul y blanca brillaba como si tuviera miles de sueños esperando para cumplirse. Era la joya más bonita que había visto nunca, aparte del anillo de diamantes que él le había regalado en la iglesia de Inglaterra.

–No lo necesito –le dijo.

–Quiero que lo tengas –insistió Luca–. Nuestros hijos esperarán que su padre te haya hecho bonitos regalos. Su padre, un hombre que te quiere más que a nada en el mundo –mientras hablaba, Luca colocó la mano sobre su vientre, como si estuviera haciendo la promesa de que siempre los protegería–. Tendrás que llevar tu anillo de compromiso en tu mano derecha, junto con la alianza de Inglaterra –dijo él, y le besó los dedos–. Según la tradición de Fabrizio, el anillo de boda va en la mano izquierda, porque se supone que es donde está la vena que los antiguos romanos pensaban que conectaba directamente con el corazón. Nosotros todavía la llamamos *vena amoris*, la vena del amor, y por eso llevarás algo muy diferente.

–Oro de Fabrizio –dijo ella, mirándolo a los ojos.

–Tan fuerte y sincero como tú –confirmó Luca. Metió la mano en el bolsillo otra vez y sacó una sencilla alianza–. Sin florituras –dijo él–. Algo sencillo, pero perfecto, como tú. Espero que te guste llevarlo.

–Me encanta –dijo Callie–. No podías haber elegido mejor. Es el anillo más bonito que llevaré.

–¿Y el de plástico?

–Nunca lo olvidaré –dijo ella, mientras Luca la abrazaba–, pero este será el anillo de mi corazón.

Luca inclinó la cabeza para besarla justo cuando Ma Brown la llamó desde fuera de la habitación.

–Callie, ¿estás lista para vestirte? No podemos hacer esperar a la carroza.

–La puntualidad es la educación de los reyes –bromeó Luca.

–Y la mía es pésima –comentó Callie.

–Por suerte para ti, si fuera necesario te esperaría siempre.

Luca provocó que Callie ardiera de deseo por dentro, pero le dio un beso y se marchó.

La segunda boda real fue perfecta, aunque un poco más grande que la primera. Las calles estaban atestadas de gente deseosa por ver a la nueva princesa. Había mesas de comida, música y decoraciones navideñas por todos lados. Los colores elegidos eran el blanco y el plateado, y todo parecía lleno de luz. El sol calentaba a los invitados de la boda que jaleaban al ver pasar a la princesa, vestida con un traje de larga cola de seda blanca. Los más pequeños de la familia Brown hicieron de pajes y damas de honor, y Callie se sentía como si estuviera flotando por el pasillo de la maravillosa catedral de Fabrizio, antes de detenerse junto a Luca.

–Quién entrega a esta mujer...

–Nosotros –dijo Pa Brown, mientras su esposa lo hacía callar.

Nadie notó nada inapropiado en su intervención, ya que todos estaban observando cómo Luca miraba a su prometida. Nadie ponía en duda que aquella era una pareja enamorada y que beneficiaría a todos.

–Feliz Navidad –murmuró Luca, y cuando Callie miró instintivamente hacia sus labios, añadió con un susurro–. Recuérdamelo. ¿Cuánto tiempo ha pasado desde que hicimos el amor?

–Demasiado –susurró Callie–. Al menos, tres horas.

–Quizá tengamos que saltarnos el banquete –bromeó él.

–Casi seguro –convino ella. Entonces, oyeron que Su Alteza Real el príncipe Luca de Fabrizio podía besar a la novia.

–Quizá debíamos pedirle a los asistentes que se vayan –dijo Callie, cuando Luca la besó y ella percibió que estaba impaciente.

Girando a Callie, de forma que todos pudieran verlos, Luca anunció:

–Mi princesa –y mientras todos aplaudían, añadió–. El amor de mi vida.

–No tengo que tratar ningún asunto de estado durante las dos próximas semanas –le dijo Luca a Callie mientras su carroza atravesaba las calles llenas de gente–. Solo tengo que concentrarme en mi esposa.

–Después del banquete de boda –le recordó ella, mientras saludaban a la multitud.

–¿Te he mencionado que retrasaremos nuestra llegada?

–¿De veras? –preguntó ella.

–He ordenado al conductor que pare en la entrada privada al palacio para que podamos... refrescarnos.

–Piensas en todo –comentó Callie.

–Lo intento.

Si los empleados del palacio se sorprendieron al ver al príncipe y la princesa corriendo de la mano por el recibidor del palacio... La novia con la diadema torcida y la cola del vestido bajo el brazo, nadie dijo nada. Minutos más tarde, la feliz pareja cerró la puerta de su dormitorio. Y segundos después, Luca ya había desabrochado todos los botones del vestido de Callie. Ella apenas tuvo tiempo de quitarse la diadema antes de que él la tomara en brazos y la llevara a la cama. La habitación estaba llena de flores y su aroma era divino.

–Y todo por ti –dijo él.

–Son preciosas –dijo Callie, cuando Luca le dio un momento para verlo todo–. Todos se han tomado muchas molestias.

–Por ti –repitió él, cuando ella gimió de placer mientras lo besaba–. Para siempre –susurró.

–O para más tiempo –convino Callie.

Bianca

Embarazada de un mujeriego

LA DECISIÓN DEL JEQUE

CAROL MARINELLI

El príncipe Kedah de Zazinia era un mujeriego que se había ganado a pulso su reputación, de la cual se enorgullecía; pero, si quería llegar alguna vez al trono, no tenía más remedio que elegir novia y sentar cabeza. En tales circunstancias, pensó que mantener una tórrida relación sexual con su ayudante era una distracción perfecta; sobre todo porque la bella, profesional y aparentemente fría Felicia Hamilton ocultaba un mar de pasiones.

Sin embargo, Kedah tenía un problema que resolver, un secreto que podía poner en peligro sus aspiraciones dinásticas. Y por si aquel escándalo del pasado no fuera suficiente, se presentó uno nuevo: había dejado embarazada a Felicia.

¡YA EN TU PUNTO DE VENTA!

Acepte 2 de nuestras mejores novelas de amor GRATIS

¡Y reciba un regalo sorpresa!

Oferta especial de tiempo limitado

Rellene el cupón y envíelo a

Harlequin Reader Service®
3010 Walden Ave.
P.O. Box 1867
Buffalo, N.Y. 14240-1867

¡Si! Por favor, envíenme 2 novelas de amor de Harlequin (1 Bianca® y 1 Deseo®) gratis, más el regalo sorpresa. Luego remítanme 4 novelas nuevas todos los meses, las cuales recibiré mucho antes de que aparezcan en librerías, y factúrenme al bajo precio de $3,24 cada una, más $0,25 por envío e impuesto de ventas, si corresponde*. Este es el precio total, y es un ahorro de casi el 20% sobre el precio de portada. ¡Una oferta excelente! Entiendo que el hecho de aceptar estos libros y el regalo no me obliga en forma alguna a la compra de libros adicionales. Y también que puedo devolver cualquier envío y cancelar en cualquier momento. Aún si decido no comprar ningún otro libro de Harlequin, los 2 libros gratis y el regalo sorpresa son míos para siempre.

416 LBN DU7N

Nombre y apellido	(Por favor, letra de molde)
Dirección	Apartamento No.
Ciudad	Estado	Zona postal

Esta oferta se limita a un pedido por hogar y no está disponible para los subscriptores actuales de Deseo® y Bianca®.

*Los términos y precios quedan sujetos a cambios sin aviso previo.

Impuestos de ventas aplican en N.Y.

SPN-03 ©2003 Harlequin Enterprises Limited

Deseo

¿Por qué no unir las fuerzas en lugar de enemistarse?

DOBLE TENTACIÓN

BARBARA DUNLOP

Juliet Parker tenía que salvar el restaurante de su abuelo de la ruina. Por desgracia, el obstáculo principal era Caleb Watford, un rico empresario dedicado a la restauración que no solo iba a construir un restaurante al lado del suyo, sino que hacía que a ella se le acelerase el pulso al verlo. ¿Qué mejor forma de negociar había que la seducción?

Pero Jules terminó embarazada… ¡de gemelos! Nunca había habido tanto en juego, y Caleb estaba acostumbrado a ganar en los negocios y en el placer.

Bianca

La vida de ella estaba envuelta
en el escándalo...

TORMENTA EN LOS CORAZONES

KIM LAWRENCE

Las revistas del corazón llamaban a Neve Mcleod «la viuda escarlata», pero, en realidad, el suyo había sido un matrimonio de conveniencia.

Seguía siendo virgen, pero eso era algo que nadie creería nunca.

Hasta que se encontró perdida y atrapada bajo una tormenta de nieve con el imponente magnate Severo Constanza, un salvador inesperado.

Cuando el magnífico italiano acudió a rescatarla, no sabía nada de su pasado, sólo que Neve era la mujer más seductora que había conocido nunca.